自助不求人
ひとり旅で使える
日本語会話ブック
懶人旅遊日語

50音基本發音表

清音

a	ㄚ	i	ㄧ	u	ㄨ	e	ㄝ	o	ㄡ
あ	ア	い	イ	う	ウ	え	エ	お	オ
ka	ㄎㄚ	ki	ㄎㄧ	ku	ㄎㄨ	ke	ㄎㄝ	ko	ㄎㄡ
か	カ	き	キ	く	ク	け	ケ	こ	コ
sa	ㄙㄚ	shi	ㄒ	su	ㄙ	se	ㄙㄝ	so	ㄙㄡ
さ	サ	し	シ	す	ス	せ	セ	そ	ソ
ta	ㄊㄚ	chi	ㄑㄧ	tsu	ㄘ	te	ㄊㄝ	to	ㄊㄡ
た	タ	ち	チ	つ	ツ	て	テ	と	ト
na	ㄋㄚ	ni	ㄋㄧ	nu	ㄋㄨ	ne	ㄋㄝ	no	ㄋㄡ
な	ナ	に	ニ	ぬ	ヌ	ね	ネ	の	ノ
ha	ㄏㄚ	hi	ㄏㄧ	fu	ㄈㄨ	he	ㄏㄝ	ho	ㄏㄡ
は	ハ	ひ	ヒ	ふ	フ	へ	ヘ	ほ	ホ
ma	ㄇㄚ	mi	ㄇㄧ	mu	ㄇㄨ	me	ㄇㄝ	mo	ㄇㄡ
ま	マ	み	ミ	む	ム	め	メ	も	モ
ya	ㄧㄚ			yu	ㄧㄩ			yo	ㄧㄡ
や	ヤ			ゆ	ユ			よ	ヨ
ra	ㄌㄚ	ri	ㄌㄧ	ru	ㄌㄨ	re	ㄌㄝ	ro	ㄌㄡ
ら	ラ	り	リ	る	ル	れ	レ	ろ	ロ
wa	ㄨㄚ			o	ㄡ			n	ㄣ
わ	ワ			を	ヲ			ん	ン

濁音

ga	ㄍㄚ	gi	ㄍㄧ	gu	ㄍㄨ	ge	ㄍㄝ	go	ㄍㄡ
が	ガ	ぎ	ギ	ぐ	グ	げ	ゲ	ご	ゴ
za	ㄗㄚ	ji	ㄐㄧ	zu	ㄗ	ze	ㄗㄝ	zo	ㄗㄡ
ざ	ザ	じ	ジ	ず	ズ	ぜ	ゼ	ぞ	ゾ
da	ㄉㄚ	ji	ㄐㄧ	zu	ㄗ	de	ㄉㄝ	do	ㄉㄡ
だ	ダ	ぢ	ヂ	づ	ヅ	で	デ	ど	ド
ba	ㄅㄚ	bi	ㄅㄧ	bu	ㄅㄨ	be	ㄅㄟ	bo	ㄅㄡ
ば	バ	び	ビ	ぶ	ブ	べ	ベ	ぼ	ボ
pa	ㄆㄚ	pi	ㄆㄧ	pu	ㄆㄨ	pe	ㄆㄝ	po	ㄆㄡ
ぱ	パ	ぴ	ピ	ぷ	プ	ぺ	ペ	ぽ	ポ

拗音

kya	ㄎㄧㄚ	kyu	ㄎㄧㄩ	kyo	ㄎㄧㄡ
きゃ	キャ	きゅ	キュ	きょ	キョ
sha	ㄒㄧㄚ	shu	ㄒㄧㄩ	sho	ㄒㄧㄡ
しゃ	シャ	しゅ	シュ	しょ	ショ
cha	ㄑㄧㄚ	chu	ㄑㄧㄩ	cho	ㄑㄧㄡ
ちゃ	チャ	ちゅ	チュ	ちょ	チョ
nya	ㄋㄧㄚ	nyu	ㄋㄧㄩ	nyo	ㄋㄧㄡ
にゃ	ニャ	にゅ	ニュ	にょ	ニョ
hya	ㄏㄧㄚ	hyu	ㄏㄧㄩ	hyo	ㄏㄧㄡ
ひゃ	ヒャ	ひゅ	ヒュ	ひょ	ヒョ
mya	ㄇㄧㄚ	myu	ㄇㄧㄩ	myo	ㄇㄧㄡ
みゃ	ミャ	みゅ	ミュ	みょ	ミョ
rya	ㄌㄧㄚ	ryu	ㄌㄧㄩ	ryo	ㄌㄧㄡ
りゃ	リャ	りゅ	リュ	りょ	リョ

gya	ㄍㄧㄚ	gyu	ㄍㄧㄩ	gyo	ㄍㄧㄡ
ぎゃ	ギャ	ぎゅ	ギュ	ぎょ	ギョ
ja	ㄐㄧㄚ	ju	ㄐㄧㄩ	jo	ㄐㄧㄡ
じゃ	ジャ	じゅ	ジュ	じょ	ジョ
ja	ㄐㄧㄚ	ju	ㄐㄧㄩ	jo	ㄐㄧㄡ
ぢゃ	ヂャ	ぢゅ	ヂュ	ぢょ	ヂョ
bya	ㄅㄧㄚ	byu	ㄅㄧㄩ	byo	ㄅㄧㄡ
びゃ	ビャ	びゅ	ビュ	びょ	ビョ
pya	ㄆㄧㄚ	pyu	ㄆㄧㄩ	pyo	ㄆㄧㄡ
ぴゃ	ピャ	ぴゅ	ピュ	ぴょ	ピョ

平假名	片假名

前言

您是否也曾在旅行中遇過以下困擾？

「想發問卻有口難言」
「聽得懂對方說什麼卻不知如何回答」

便利的交通與友善的環境，讓日本成為自助旅遊的熱門國家。想要自助遊日本並非難事，但是在遇到疑問或是想深入了解日本的時候，語言問題卻常成為和當地人交流的鴻溝。

這本「自助不求人 - 懶人旅遊日語」即是為了幫助讀者在自助旅行時能順利說出「關鍵一句」而製作的一本書。在本書中，作者群特別分析旅行時會遇到的各種情境，分門別類網羅常用的日語短句及單字，同時也列出日本店員或當地人可能會說的問句或是回答，以期在發問或回話時，都能掌握重點溝通。

在旅程中遇到任何狀況，希望透過這本書，「聽得懂」、「說得出」，拉近與當地人的距離，讓旅遊更有收穫。

使用說明

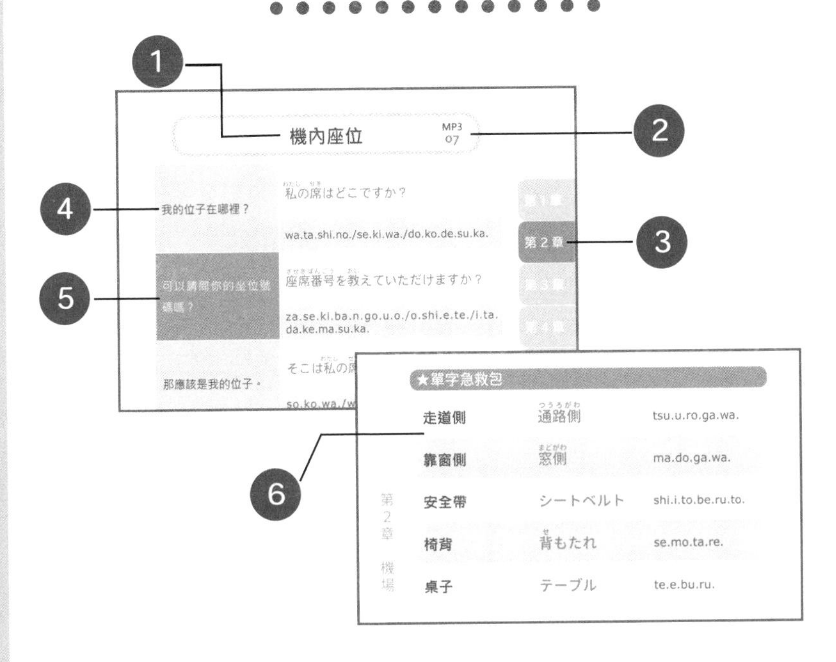

1 **主題：**旅遊常見的情況和場合

2 **真人發音 MP3：**正確發音搭配練習讓會話更流暢

3 **章節索引：**快速尋找需要的章節

4 **實用會話：**精選各場合可能使用的會話

5 **常聽到的語句：**用深色色塊標明店員或工作人員等常用的問句或回答，讓對話內容更完整

6 **急救單字：**精選相關單字，以備不時之需

目次

第 4 章 住宿

第 5 章 飲食

第 6 章 購物

第 7 章 觀光景點

第 8 章 美容美髮

第 9 章 通訊網路

第 10 章 突發狀況

第 11 章 基礎常用句

第 1 章 行前準備

旅行計畫

MP3 01

預計下個月全家去大阪旅行。	来月家族で大阪へ旅行する予定です。 ra.i.ge.tsu./ka.zo.ku.de./o.o.sa.ka.e./ryo.ko.u.su.ru./yo.te.i./de.su.
這個暑假打算去國外旅行。	この夏休みに海外旅行に行こうと思っています。 ko.no./na.tsu.ya.su.mi.ni./ka.i.ga.i.ryo.ko.u.ni./i.ko.u.to./o.mo.tte./i.ma.su.
和朋友討論了旅行的計畫。	友達と旅行の日程を打ち合わせました。 to.mo.da.chi.to./ryo.ko.u.no./ni.tte.i.o./u.chi.a.wa.se.ma.shi.ta.
我正在準備去大阪旅行。	私は大阪への旅行を準備しています。 wa.ta.shi.wa./o.o.sa.ka.e.no./ryo.ko.u.o./ju.n.bi./shi.te./i.ma.su.
預計是5天4夜。	4泊5日の予定です。 yo.n.pa.ku.i.tsu.ka.no./yo.te.i./de.su.
國內3天2夜的旅行有什麼推薦的地點嗎？	国内旅行で2泊3日で行けるおすすめの旅行先はありますか？ ko.ku.na.i.ryo.ko.u.de./ni.ha.ku.mi.kka.de./i.ke.ru./o.su.su.me.no./ryo.ko.u.sa.ki.wa./a.ri.ma.su.ka.

開始準備旅行要用的東西。	旅支度(たびじたく)を始(はじ)めました。 ta.bi.ji.ta.ku.o./ha.ji.me.ma.shi.ta.
必需要把旅行用的東西塞進行李箱。	スーツケースに旅行(りょこう)に必要(ひつよう)な物(もの)を詰(つ)めなければ。 su.u.tsu.ke.e.su.ni./ryo.ko.u.ni./hi.tsu.yo.u.na./mo.no.o./tsu.me.na.ke.re.ba.
不知道該帶哪一種背包去比較好。	どんなバッグを持(も)っていけばいいかわかりません。 do.n.na./ba.ggu.o./mo.tte./i.ke.ba.i.i.ka./wa.ka.ri.ma.se.n.
不能忘了帶護照和錢包。	パスポートとお財布(さいふ)だけは忘(わす)れてはいけない。 pa.su.po.o.to.to./o.sa.i.fu./da.ke.wa./wa.su.re.te.wa./i.ke.na.i.
帶行程表了嗎？	日程表(にっていひょう)は持(も)ってきましたか？ ni.tte.i.hyo.u.wa./mo.tte./ki.ma.shi.ta.ka.
已經把行李準備好了。	旅支度(たびじたく)もうできました。 ta.bi.ji.ta.ku./mo.u./de.ki.ma.shi.ta.

為了準備旅行十分忙碌。	旅行準備(りょこうじゅんび)で忙(いそが)しいです。	ryo.ko.u.ju.n.bi.de./i.so.ga.shi.i.de.su.
正在計畫倫敦旅行。	ロンドン旅行(りょこう)の計画(けいかく)を立(た)てているところです。	ro.n.do.n.ryo.ko.u.no./ke.i.ka.ku.o./ta.te.te./i.ru./to.ko.ro.de.su.
旅行前，想先了解關於東京的基本知識。	旅行(りょこう)する前(まえ)に、東京(とうきょう)についての基本情報(きほんじょうほう)を知(し)っておきたいです。	ryo.ko.u.su.ru./ma.e.ni./to.u.kyo.u.ni./tsu.i.te.no./ki.ho.n.jo.u.ho.u.o./shi.tte./o.ki.ta.i.de.su.

★單字急救包

旅行目的地	旅行先(りょこうさき)	ryo.ko.u.sa.ki.
打算、安排	予定(よてい)	yo.te.i.
準備、整理	支度(したく)	shi.ta.ku.
準備	準備(じゅんび)する	ju.n.bi.su.ru.

預約

MP3 02

你好，我是從台灣打電話來的，我姓李。	こんにちは、台湾から電話しているリーと申します。 ko.n.ni.chi.wa./ta.i.wa.n.ka.ra./de.n.wa.shi.te./i.ru./ri.i.to./mo.u.shi.ma.su.
我想預約。	予約をしたいのですが。 yo.ya.ku.o./shi.ta.i.no.de.su.ga.
正在找今晚住宿的酒店。	今夜のホテルを探しています。 ko.n.ya.no./ho.te.ru.o./sa.ga.shi.te./i.ma.su.
今晚單人房有空房嗎？	今夜、シングルルームは空いていますか？ ko.n.ya./shi.n.gu.ru.ru.u.mu.wa./a.i.te./i.ma.su.ka.
正在找1間雙人房。	2人の部屋を1つ探しています。 fu.ta.ri.no./he.ya.o./hi.to.tsu./sa.ga.shi.te./i.ma.su.
2人1間是多少錢？	2人1部屋でおいくらですか？ fu.ta.ri./hi.to.he.ya.de./o.i.ku.ra.de.su.ka.

請給我 2 間單人房。	部屋はシングルを２つでお願いします。 he.ya.wa./shi.n.gu.ru.o./fu.ta.tsu.de./o.ne.ga.i.shi.ma.su.
可以要 3 張單人床的房間嗎？	部屋はトリプルにすることは可能ですか？ he.ya.wa./to.ri.pu.ru.ni./su.ru./ko.to.wa./ka.no.u.de.su.ka.
我想預約 2 月 14 日 1 間單人房。	２月１４日シングルを１室予約したいのですが。 ni.ga.tsu./ni.ju.u.yo.kka./shi.n.gu.ru.o./i.sshi.tsu./yo.ya.ku./shi.ta.i.no.de.su.ga.
確定預約成功時，請以電子郵件通知我。	予約が確定した際には、メールでお知らせください。 yo.ya.ku.ga./ka.ku.te.i.shi.ta./sa.i.ni.wa./me.e.ru.de./o.shi.ra.se./ku.da.sa.i.

★單字急救包

預約	予約	yo.ya.ku.
取得預約	予約を取る	yo.ya.ku.o./to.ru.
幾個人	何名様	na.n.me.i.sa.ma.
要求、想要	希望する	ki.bo.u.su.ru.

中文	日語
想預約明天晚上 7 點 3 個人。	明日の夜 7 時に 3 人で予約したいのですが。 a.shi.ta.no./yo.ru.shi.chi.ji.ni./sa.n.ni.n.de./yo.ya.ku./shi.ta.i.no./de.su.ga.
可以預約當天來回的旅行團嗎？	日帰りツアーの予約をお願いできますか？ hi.ga.e.ri.tsu.a.a.no./yo.ya.ku.o./o.ne.ga.i./de.ki.ma.su.ka.
預約幾點呢？	何時のご予約ですか？ na.n.ji.no./go.yo.ya.ku.de.su.ka.
想要 (預約)6 點。	6 時でお願いします。 ro.ku.ji.de./o.ne.ga.i.shi.ma.su.
幾點有空位呢？	何時でしたら席が空いていますか？ na.n.ji.de.shi.ta.ra./se.ki.ga./a.i.te./i.ma.su.ka.
不巧預約都滿了。	あいにく予約がいっぱいです。 a.i.ni.ku./yo.ya.ku.ga./i.ppa.i.de.su.

變更預約

MP3 03

讓我確認一下您的預約內容。	予約を確認させてください。 yo.ya.ku.o./ka.ku.ni.n.sa.se.te./ku.da.sa.i.
我想改預約的時間。	予約の時間を変更したいのですが。 yo.ya.ku.no./ji.ka.n.o./he.n.ko.u.shi.ta.i.no./de.su.ga.
我想再次確認預約內容。	予約を再確認したいのですが。 yo.ya.ku.o./sa.i.ka.ku.ni.n.shi.ta.i.no./de.su.ga.
我想變更住宿日。	宿泊日の変更をしたいのですが。 shu.ku.ha.ku.bi.no./he.n.ko.u.o./shi.ta.i.no./de.su.ga.
想把住宿天數改為3天。	滞在日数を3日にしたいのですが。 ta.i.za.i.ni.ssu.u.o./mi.kka.ni./shi.ta.i.no./de.su.ga.
我想取消預約。	予約をキャンセルしたいのですが。 yo.ya.ku.o./kya.n.se.ru.shi.ta.i.no./de.su.ga.

我想把預約改成3月4日。	3月4日に変更したいのですが。	sa.n.ga.tsu.yo.kka.ni./he.n.ko.u.shi.ta.i.no./de.su.ga.
我想更換房型。	部屋のタイプを変更したいのですが。	he.ya.no./ta.i.pu.o./he.n.ko.u.shi.ta.i.no./de.su.ga.
我想更改人數。	人数を変更したいのですが。	ni.n.zu.u.o./he.n.ko.u.shi.ta.i.no./de.su.ga.
可以增加1人嗎？	1人追加できますか？	hi.to.ri.tsu.i.ka./de.ki.ma.su.ka.
增加1人的話要花費多少錢？	1人追加にするといくらかかりますか？	hi.to.ri.tsu.i.ka.ni./su.ru.to./i.ku.ra./ka.ka.ri.ma.su.ka.
我想更改預約的旅行團行程。	予約したツアーの日程を変更したいのですが。	yo.ya.ku./shi.ta./tsu.a.a.no./ni.tte.i.o./he.n.ko.u./shi.ta.i.no./de.su.ga.

我想延後 30 分鐘。	３０分遅らせたいのですが。	sa.n.ju.ppu.n./o.ku.ra.se.ta.i.no./de.su.ga.
取消需要付多少錢？	キャンセル料はいくらかかりますか？	kya.n.se.ru.ryo.u.wa./i.ku.ra./ka.ka.ri.ma.su.ka.
想從 7 點改成 6 點。	7時から6時に変更したいのですが。	shi.chi.ji.ka.ra./ro.ku.ji.ni./he.n.ko.u./shi.ta.i.no./de.su.ga.
能改時間嗎？	時間を変更することは可能でしょうか？	ji.ka.n.o./he.n.ko.u.su.ru./ko.to.wa./ka.no.u.de.sho.u.ka.
可以把單人房改訂成雙床的雙人房嗎？	シングルルームのかわりにツインルームを予約できませんか？	shi.n.gu.ru.ru.u.mu.no./ka.wa.ri.ni./tsu.i.n.ru.u.mu.o./yo.ya.ku./de.ki.ma.se.n.ka.
已進行你要求的預約變更。	ご予約の変更確かに承りました。	go.yo.ya.ku.no./he.n.ko.u./ta.shi.ka.ni./u.ke.ta.ma.wa.ri.ma.shi.ta.

事前聯絡

MP3 04

登記入住之前，可以寄放行李嗎？	チェックイン前(まえ)に荷物(にもつ)を預(あず)かってもらえますか？ che.kku.i.n.ma.e.ni./ni.mo.tsu.o./a.zu.ka.tte./mo.ra.e.ma.su.ka.
退房後，可以寄放行李嗎？	チェックアウト後(ご)、荷物(にもつ)を預(あず)かってもらえますか？ che.kku.a.u.to.go./ni.mo.tsu.o./a.zu.ka.tte./mo.ra.e.ma.su.ka.
可以先將行李寄到旅館嗎？	前(まえ)もってホテルに荷物(にもつ)を送(おく)ることはできますか？ ma.e.mo.tte./ho.te.ru.ni./ni.mo.tsu.o./o.ku.ru./ko.to.wa./de.ki.ma.su.ka.
有機場接駁車嗎？	空港(くうこう)からシャトルバスは出(で)ていますか？ ku.u.ko.u./ka.ra./sha.to.ru.ba.su.wa./de.te./i.ma.su.ka.
班機會在下午6點抵達。	フライトは午後(ごご) 6 時(ろくじ)に到着(とうちゃく)します。 fu.ra.i.to.wa./go.go./ro.ku.ji.ni./to.u.cha.ku./shi.ma.su.
等一下會和你聯絡。	後(あと)で連絡(れんらく)します。 a.to.de./re.n.ra.ku./shi.ma.su.

<table>
<tr><td rowspan="2">可以來機場接我嗎？</td><td>空港まで迎えに来ていただけますか？</td></tr>
<tr><td>ku.u.ko.u./ma.de./mu.ka.e.ni./ki.te./i.ta.da.ke.ma.su.ka.</td></tr>
<tr><td rowspan="2">可以送我到機場嗎？</td><td>空港まで送っていただけますか？</td></tr>
<tr><td>ku.u.ko.u./ma.de./o.ku.tte./i.ta.da.ke.ma.su.ka.</td></tr>
<tr><td rowspan="2">可以幫我預約會場附近的旅館嗎？</td><td>会場近くのホテルを予約してもらえますか？</td></tr>
<tr><td>ka.i.jo.u./chi.ka.ku.no./ho.te.ru.o./yo.ya.ku./shi.te./mo.ra.e.ma.su.ka.</td></tr>
<tr><td rowspan="2">可以幫我預約旅行團嗎？</td><td>ツアーを予約していただけますか？</td></tr>
<tr><td>tsu.a.a.o./yo.ya.ku./shi.te./i.ta.da.ke.ma.su.ka.</td></tr>
<tr><td rowspan="2">請幫我安排明早7點的計程車。</td><td>明日の朝 7 時にタクシー手配をお願いします。</td></tr>
<tr><td>a.shi.ta.no./a.sa./shi.chi.ji.ni./ta.ku.shi.i.te.ha.i.o./o.ne.ga.i.shi.ma.su.</td></tr>
<tr><td rowspan="2">可以幫我叫一輛到旅館的計程車嗎？</td><td>ホテルまでのタクシーを手配してもらえますか？</td></tr>
<tr><td>ho.te.ru./ma.de.no./ta.ku.shi.i.o./te.ha.i./shi.te./mo.ra.e.ma.su.ka.</td></tr>
</table>

★單字急救包

迎接	迎える（むか）	mu.ka.e.ru.
接駁車	シャトルバス	sha.to.ru.ba.su.
接駁巴士	送迎バス（そうげい）	so.u.ge.i.ba.su.
安排	手配する（てはい）	te.ha.i.su.ru.
事先	事前（じぜん）	ji.ze.n.
抵達時間	到着時間（とうちゃくじかん）	to.u.cha.ku.ji.ka.n.
出發時間	出発時間（しゅっぱつじかん）	shu.ppa.tsu.ji.ka.n.
寄存、寄放	預ける（あず）	a.zu.ke.ru.
聯絡	連絡する（れんらく）	re.n.ra.ku.su.ru.
聯絡方式	連絡先（れんらくさき）	re.n.ra.ku.sa.ki.
預約	予定する（よてい）	yo.te.i.su.ru.
更改	変更する（へんこう）	he.n.ko.u.su.ru.

匯兌簽證

MP3 05

可以兌換成日圓嗎？	円(えん)に両替(りょうがえ)はできますか？ e.n.ni./ryo.u.ga.e.wa./de.ki.ma.su.ka.
匯兌櫃臺在哪裡？	両替(りょうがえ)カウンターはどこですか？ ryo.u.ga.e.ka.u.n.ta.a.wa./do.ko.de.su.ka.
請幫我把美元換成日圓。	ドルを日本円(にほんえん)に両替(りょうがえ)してください。 do.ru.o./ni.ho.n.e.n.ni./ryo.u.ga.e./shi.te./ku.da.sa.i.
面額要怎麼換？	内訳(うちわけ)はどうしましょう？ u.chi.wa.ke.wa./do.u./shi.ma.sho.u.
請給我 5 張萬元鈔。	1(いち) 万円札(まんえんさつ) 5(ご) 枚(まい)でお願(ねが)いします。 i.chi.ma.n.e.n.sa.tsu./go.ma.i.de./o.ne.ga.i./shi.ma.su.
其中一部分換成零錢。	小銭(こぜに)を混(ま)ぜていただきたいのですが。 ko.ze.ni.o./ma.ze.te./i.ta.da.ki.ta.i.no./de.su.ga.

匯率是多少呢？	レートはどれくらいですか？ re.e.to.wa./do.re.ku.ra.i./de.su.ka.
手續費是多少？	手数料（てすうりょう）はいくらですか？ te.su.u.ryo.u.wa./i.ku.ra./de.su.ka.
可以幫我把這張大鈔找開嗎？	このお札（さつ）をくずしてもらえませんか？ ko.no./o.sa.tsu.o./ku.zu.shi.te./mo.ra.e.ma.se.n.ka.
想把大鈔換成零錢。	お金（かね）をくずしたいんですが。 o.ka.ne.o./ku.zu.shi.ta.i.n./de.su.ga.
想換成百元硬幣。	百円玉（ひゃくえんだま）に両替（りょうがえ）してほしいのですが。 hya.ku.e.n.da.ma.ni./ryo.u.ga.e./shi.te./ho.shi.i.no./de.su.ga.
不好意思，能把 5000 圓鈔換成小鈔嗎？	すみません、5000（ごせん）円札（えんさつ）はくずれますか？ su.mi.ma.se.n./go.se.n.e.n.sa.tsu.wa./ku.zu.re.ma.su.ka.

第 1 章
第 2 章
第 3 章
第 4 章
第 5 章
第 6 章
第 7 章
第 8 章
第 9 章
第 10 章
第 11 章

我想申請簽證。	ビザの申請(しんせい)をしたいのですが。	bi.za.no./shi.n.se.i.o./shi.ta.i.no./de.su.ga.
沒申請過工作簽證。	就労(しゅうろう)ビザを取(と)ったことはありません。	shu.u.ro.u.bi.za.o./to.tta.ko.to.wa./a.ri.ma.se.n.
簽證過期了。	ビザの有効期限(ゆうこうきげん)が切(き)れました。	bi.za.no./yu.u.ko.u.ki.ge.n.ga./ki.re.ma.shi.ta.
如果是 90 天內的旅行就免簽。	９０日以内(きゅうじゅうにちいない)の旅行(りょこう)であればビザはいりません。	kyu.u.ju.u.ni.chi./i.na.i.no./ryo.ko.u.de./a.re.ba./bi.za.wa./i.ri.ma.se.n.
拿到簽證了嗎？	ビザの取得(しゅとく)はできましたか？	bi.za.no./shu.to.ku.wa./de.ki.ma.shi.ta.ka.
請問你申請簽證的理由是什麼？	ビザ取得(しゅとく)の理由(りゆう)を教(おし)えてください。	bi.za.shu.to.ku.no./ri.yu.u.o./o.shi.e.te./ku.da.sa.i.

第 2 章 機場

機内服務

MP3 06

可以給我枕頭嗎？	枕をいただけますか？ ma.ku.ra.o./i.ta.da.ke.ma.su.ka.
可以再給我1條毯子嗎？	毛布をもう1枚もらえませんか？ mo.u.fu.o./mo.u./i.chi.ma.i./mo.ra.e.ma.se.n.ka.
可以把這個換掉嗎？	これ、取り替えてくれますか？ ko.re./to.ri.ka.e.te./ku.re.ma.su.ka.
可以給我入境表格嗎？	入国カードをいただけますか？ nyu.u.ko.ku.ka.a.do.o./i.ta.da.ke.ma.su.ka.
請給我機上購物的型錄。	機内販売のカタログをください。 ki.na.i.ha.n.ba.i.no./ka.ta.ro.gu.o./ku.da.sa.i.
有菜單嗎？	フードメニューはありますか？ fu.u.do.me.nyu.u.wa./a.ri.ma.su.ka.

請繫好安全帶。	シートベルトをお締(し)めください。	shi.i.to.be.ru.to.o./o.shi.me./ku.da.sa.i.
目的地大阪的當地時間是上午 11 點。	現在(げんざい)、到着予定(とうちゃくよてい)の大阪(おおさか)は、午前(ごぜん) １１時(じゅういちじ)です。	ge.n.za.i./to.u.cha.ku.yo.te.i.no./o.o.sa.ka.wa./go.ze.n./ju.u.i.chi.ji.de.su.
下機（下車）時，別忘了隨身物品。	お降(お)りの際(さい)は、お忘(わす)れ物(もの)のないようお気(き)をつけください。	o.o.ri.no./sa.i.wa./o.wa.su.re.mo.no.no.na.i./yo.u./o.ki.o.tsu.ke./ku.da.sa.i.
剛剛的機上廣播說了什麼？	いま、アナウンスでなんと言(い)いましたか？	i.ma./a.na.u.n.su.de./na.n.to./i.i.ma.shi.ta.ka.
機上會販賣免稅品嗎？	免税品(めんぜいひん)の機内販売(きないはんばい)をしていますか？	me.n.ze.i.hi.n.no./ki.na.i.ha.n.ba.i.o./shi.te./i.ma.su.ka.
還要多久才會到？	あとどのくらいで着(つ)きますか？	a.to./do.no.ku.ra.i.de./tsu.ki.ma.su.ka.

★單字急救包

機票	こうくうけん 航空券	ko.u.ku.u.ke.n.
登機證	とうじょうけん 搭乗券	to.u.jo.u.ke.n.
隨身行李	てにもつ 手荷物	te.ni.mo.tsu.
逃生口	ひじょうぐち 非常口	hi.jo.u.gu.chi.
氧氣罩	さんそ 酸素マスク	sa.n.so.ma.su.ku.
救生衣	きゅうめいどうい 救命胴衣	kyu.u.me.i.do.u.i.
毛毯	もうふ 毛布／ブランケット	mo.u.fu./bu.ra.n.ke.tto.
枕頭	まくら 枕	ma.ku.ra.
耳機	イヤホン	i.ya.ho.n.
服務鈴	よ　だ 呼び出しボタン	yo.bi.da.shi.bo.ta.n.
離陸、起飛	りりく 離陸	ri.ri.ku.
著陸、降落	ちゃくりく 着陸	cha.ku.ri.ku.

機內座位

MP3 07

我的位子在哪裡？	私(わたし)の席(せき)はどこですか？ wa.ta.shi.no./se.ki.wa./do.ko.de.su.ka.
可以請問你的座位號碼嗎？	座席番号(ざせきばんごう)を教(おし)えていただけますか？ za.se.ki.ba.n.go.u.o./o.shi.e.te./i.ta.da.ke.ma.su.ka.
那應該是我的位子。	そこは私(わたし)の席(せき)だと思(おも)うのですが。 so.ko.wa./wa.ta.shi.no./se.ki.da.to./o.mo.u.no./de.su.ga.
這個位子在哪裡？	この席(せき)はどちらにありますか？ ko.no.se.ki.wa./do.chi.ra.ni./a.ri.ma.su.ka.
有人坐在我的位子上。	私(わたし)の席(せき)に誰(だれ)か座(すわ)っています。 wa.ta.shi.no./se.ki.ni./da.re.ka./su.wa.tte./i.ma.su.
可以換位子嗎？	席(せき)を移(うつ)ってもいいですか？ se.ki.o./u.tsu.tte.mo./i.i.de.su.ka.

可以幫我換位子嗎？	席(せき)を変(か)えていただけますか？
	se.ki.o./ka.e.te./i.ta.da.ke.ma.su.ka.
椅背可以往後倒嗎？	シートを倒(たお)してもよろしいですか？
	shi.i.to.o./ta.o.shi.te.mo./yo.ro.shi.i.de.su.ka.
對不起，借過。	すみません。通(とお)してください。
	su.mi.ma.se.n./to.o.shi.te./ku.da.sa.i.

★單字急救包

走道側	通路側(つうろがわ)	tsu.u.ro.ga.wa.
靠窗側	窓側(まどがわ)	ma.do.ga.wa.
安全帶	シートベルト	shi.i.to.be.ru.to.
椅背	背(せ)もたれ	se.mo.ta.re.
桌子	テーブル	te.e.bu.ru.

中文	日語
行李要放在哪裡？	荷物(にもつ)はどこに置(お)けばよいのでしょうか？ ni.mo.tsu.wa./do.ko.ni./o.ke.ba./yo.i.no./de.sho.u.ka.
行李可以放這裡嗎？	荷物(にもつ)はここに置(お)いていいですか？ ni.mo.tsu.wa./ko.ko.ni./o.i.te./i.i.de.su.ka.
行李放不進行李架裡。	棚(たな)に荷物(にもつ)が入(はい)らないのですが。 ta.na.ni./ni.mo.tsu.ga./ha.i.ra.na.i.no./de.su.ga.
行李可以放在座椅底下嗎？	座席(ざせき)の下(した)に荷物(にもつ)を置(お)いてもいいですか？ za.se.ki.no.shi.ta.ni./ni.mo.tsu.o./o.i.te.mo./i.i.de.su.ka.
可以把遮陽板放下來嗎？	日(ひ)よけを下(お)ろしてもいいですか？ hi.yo.ke.o./o.ro.shi.te.mo./i.i.de.su.ka.
可以請你把椅背復元豎直嗎？	背(せ)もたれを元(もと)の位置(いち)に戻(もど)していただけますか？ se.mo.ta.re.o./mo.to.no./i.chi.ni./mo.do.shi.te./i.ta.da.ke.ma.su.ka.

飛機餐

MP3 08

可以在晚餐時叫醒我嗎？	ディナーの時間（じかん）には起（お）こしてもらえますか？ di.na.a.no.ji.ka.n.ni.wa./o.ko.shi.te./mo.ra.e.ma.su.ka.
用餐時間也不要叫醒我。	食事（しょくじ）が来（き）ても起（お）こさないでください sho.ku.ji.ga./ki.te.mo./o.ko.sa.na.i.de./ku.da.sa.i.
您的餐想要牛肉還是魚？	お食事（しょくじ）はビーフとフィッシュのどちらになさいますか？ o.sho.ku.ji.wa./bi.i.fu.to./fi.sshu.no./do.chi.ra.ni./na.sa.i.ma.su.ka.
請給我牛肉的。	ビーフでお願（ねが）いします。 bi.i.fu.de./o.ne.ga.i.shi.ma.su.
剛才要求的啤酒還沒來嗎？	さきほどお願（ねが）いしたビールはまだですか？ sa.ki.ho.do./o.ne.ga.i.shi.ta./bi.i.ru.wa./ma.da.de.su.ka.
有什麼飲料呢？	何（なに）か飲物（のみもの）がありますか？ na.ni.ka./no.mi.mo.no.ga./a.ri.ma.su.ka.

請問您要喝什麼？	お飲物は何になさいますか？ o.no.mi.mo.no.wa./na.ni.ni./na.sa.i.ma.su.ka.
請給我碳酸類飲料。	何か炭酸の入ったものをください。 na.ni.ka./ta.n.sa.n.no./ha.i.tta./mo.no.o./ku.da.sa.i.
請給我水。	水をください。 mi.zu.o./ku.da.sa.i.
請給我柳橙汁。	オレンジジュースをお願いします。 o.re.n.ji.ju.u.su.o./o.ne.ga.i.shi.ma.su.
請給我瓶裝的可樂。	コーラを缶ごとください。 ko.o.ra.o./ka.n.go.to./ku.da.sa.i.
有什麼酒精性飲料？	アルコールは何がありますか？ a.ru.ko.o.ru.wa./na.ni.ga./a.ri.ma.su.ka.

可以把餐盤收走嗎？	トレイを下(さ)げてくれますか？ to.i.re.o./sa.ge.te./ku.re.ma.su.ka.
不用了。	もういらないです。 mo.u./i.ra.na.i.de.su.
還在吃。	まだ食(た)べてます。 ma.da./ta.be.te.ma.su.
請再給我些咖啡。	コーヒーをもう少(すこ)しください。 ko.o.hi.i.o./mo.u.su.ko.shi./ku.da.sa.i.
我不小心把紅茶打翻了。	紅茶(こうちゃ)をこぼしてしまいました。 ko.u.cha.o./ko.bo.shi.te./shi.ma.i.ma.shi.ta.
可以給我東西擦嗎？	何(なに)か拭(ふ)くものをいただけませんか？ na.ni.ka./fu.ku.mo.no.o./i.ta.da.ke.ma.se.n.ka.

搭機狀況

MP3 09

我可以把扶手拉起來嗎？	ひじ掛(か)けを上(あ)げてもいいですか？ hi.ji.ka.ke.o./a.ge.te.mo./i.i.de.su.ka.
這張椅子無法調整椅背。	このいすのリクライニングが壊(こわ)れています。 ko.no./i.su.no./ri.ku.ra.i.ni.n.gu.ga./ko.wa.re.te./i.ma.su.
能請你要求他把椅背復元嗎？	背(せ)もたれを元(もと)に戻(もど)すように言(い)っていただけますか？ se.mo.ta.re.o./mo.to.ni./mo.do.su.yo.u.ni./i.tte./i.ta.da.ke.ma.su.ka.
請教我如何使用。	使(つか)い方(かた)を教(おし)えてください。 tsu.ka.i.ka.ta.o./o.shi.e.te./ku.da.sa.i.
怎麼使用呢？	どのように使(つか)うのですか？ do.no.yo.u.ni./tsu.ka.u.no./de.su.ka.
我想看電影，該按哪裡呢？	映画(えいが)を見(み)たいんですが、どこをタッチすればいいですか？ e.i.ga.o./mi.ta.i.n./de.su.ga./do.ko.o./ta.cchi./su.re.ba./i.i.de.su.ka.

機身可能會發生搖晃。	機体の揺れが予想されます。 ki.ta.i.no./yu.re.ga./yo.so.u.sa.re.ma.su.
安全帶指示燈現在已經亮起。	ただ今シートベルトの着用サインが点灯いたしました。 ta.da.i.ma./shi.i.to.be.ru.to.no./cha.ku.yo.u.sa.i.n.ga./te.n.to.u./i.ta.shi.ma.shi.ta.
請回到座位繫上安全帶。	お座席にお戻りになってシートベルトをお締めください。 o.za.se.ki.ni./o.mo.do.ri.ni./na.tte./shi.i.to.be.ru.o.o./o.shi.me./ku.da.sa.i.
請繫好安全帶在座位上等待。	シートベルトを締めたままお座席でお待ちください。 shi.i.to.be.ru.to.o./shi.me.ta.ma.ma./o.za.se.ki.de./o.ma.chi./ku.da.sa.i.
這個螢幕壞了。	このモニター、壊れているんですけど。 ko.no.mo.ni.ta.a./ko.wa.re.te./i.ru.n./de.su.ke.do.
有耳塞嗎？	耳栓はありますか？ mi.mi.se.n.wa./a.ri.ma.su.ka.

覺得很冷不舒服。

寒気がするのですが。

sa.mu.ke.ga./su.ru.no./de.su.ga.

暈機了。

飛行機酔いしてしまったのですが。

hi.ko.u.ki.yo.i.shi.te./shi.ma.tta.no./de.su.ga.

請問有暈機藥嗎？

酔い止めの薬はありますか？

yo.i.do.me.no./ku.su.ri.wa./a.ri.ma.su.ka.

覺得噁心。/ 覺得不舒服。

気分が悪いのですが。

ki.bu.n.ga./wa.ru.i.no./de.su.ga.

廁所的門沒辦法鎖上。

トイレの鍵がかかりません。

to.i.re.no./ka.gi.ga./ka.ka.ri.ma.se.n.

廁所很髒。

トイレが汚れています。

to.i.re.ga./yo.go.re.te./i.ma.su.

機内對話

MP3 10

還要多久才到札幌。	札幌(さっぽろ)まであとどれぐらいの時間(じかん)がかかりますか？	sa.ppo.ro.ma.de./a.to./do.re.gu.ra.i.no./ji.ka.n.ga./ka.ka.ri.ma.su.ka.
很晃呢。	かなり揺(ゆ)れてますね。	ka.na.ri./yu.re.te./ma.su.ne.
起飛時，耳朵會痛呢。	離陸(りりく)の時(とき)って、耳(みみ)が痛(いた)くなりますね。	ri.ri.ku.no./to.ki.tte./mi.mi.ga./i.ta.ku./na.ri.ma.su.ne.
在機內喝酒，可能因為氣壓的關係，很容易醉。	飛行機(ひこうき)でお酒(さけ)を飲(の)むと、気圧(きあつ)のせいか酔(よ)いやすいです。	hi.ko.u.ki.de./o.sa.ke.o./no.mu.to./ki.a.tsu.no.se.i.ka./yo.i.ya.su.i.de.su.
飛機餐真不好吃啊。	機内食(きないしょく)って、美味(おい)しくありませんな。	ki.na.i.sho.ku.tte./o.i.shi.ku.a.ri.ma.se.n.na.
不喜歡飛機餐的味道。	機内食(きないしょく)の匂(にお)いが苦手(にがて)です。	ki.na.i.sho.ku.no.ni.o.i.ga./ni.ga.te.de.su.

該把手機調成飛航模式。	スマホを機内モードにしないと。 su.ma.ho.o./ki.na.i.mo.o.do.ni./shi.na.i.to.
睡覺總是用頸枕。	いつも首枕を使って寝ています。 i.tsu.mo./ku.bi.ma.ku.ra.o./tsu.ka.tte.ne.te./i.ma.su.
位子真窄。	席が狭いですね。 se.ki.ga./se.ma.i.de.su.ne.
總算到了。	やっと着きました。 ya.tto./tsu.ki.ma.shi.ta.
感謝您的搭乘。	ご搭乗誠にありがとうございました。 go.to.u.jo.u./ma.ko.to.ni./a.ri.ga.to.u./go.za.i.ma.shi.ta.
期待您下次搭乘。	またのご搭乗を心よりお待ちしております。 ma.ta.no./go.to.u.jo.u.o./ko.ko.ro.yo.ri./o.ma.chi.shi.te./o.ri.ma.su.

★單字急救包

閱讀燈	読書灯（どくしょとう）	do.ku.sho.to.u.
遮陽板	日（ひ）よけ	hi.yo.ke.
國際換日線	日付変更線（ひづけへんこうせん）	hi.zu.ke.he.n.ko.u.se.n.
座位扶手	肘掛（ひじかけ）	hi.ji.ka.ke.
頸枕	首枕（くびまくら）	ku.bi.ma.ku.ra.
口袋、椅背收納袋	ポケット	po.ke.tto.
桌子	テーブル	te.e.bu.ru.
飛航模式	機内（きない）モード	ki.na.i.mo.o.do.
電子儀器	電子機器（でんしきき）	de.n.shi.ki.ki.
電源	電源（でんげん）	de.n.ge.n.
救生衣	救命胴衣（きゅうめいどうい）	kyu.u.me.i.do.u.i.
暈機	飛行機酔（ひこうきよ）い	hi.ko.u.ki.yo.i.

領取行李

MP3 11

行李要在哪裡領取？

荷物(にもつ)はどこで受(う)け取(と)れますか？

ni.mo.tsu.wa./do.ko.de./u.ke.to.re.ma.su.ka.

可以在4號行李轉盤領取。

4番(よんばん)のベルトコンベアから荷物(にもつ)を受(う)け取(と)れます。

yo.n.ba.n.no./be.ru.to.ko.n.be.a.ka.ra./ni.mo.tsu.o./u.ke.to.re.ma.su.

行李會在幾號轉盤？

荷物(にもつ)は何番(なんばん)から出(で)てきますか？

ni.mo.tsu.wa./na.n.ba.n.ka.ra./de.te.ki.ma.su.ka.

行李老是不出來啊。

荷物(にもつ)がなかなか出(で)てきませんね。

ni.mo.tsu.ga./na.ka.na.ka./de.te./ki.ma.se.n.ne.

(行李)推車在哪裡？

カートはどこにあるのですか？

ka.a.to.wa./do.ko.ni./a.ru.no./de.su.ka.

找不到我的行李。

私(わたし)の荷物(にもつ)が見(み)つかりません。

wa.ta.shi.no./ni.mo.tsu.ga./mi.tsu.ka.ri.ma.se.n.

這是行李收據。	手荷物引換証(てにもつひきかえしょう)はこれです。 te.ni.mo.tsu.hi.ki.ka.e.sho.u.wa./ko.re.de.su.
這是行李收據。可以幫我查一下嗎？	これが引換証(ひきかえしょう)です。調(しら)べてもらえませんか？ ko.re.ga./hi.ki.ka.e.sho.u.de.su./shi.ra.be.te./mo.ra.e.ma.se.n.ka.
請告訴我行李的特徵。	荷物(にもつ)の特徴(とくちょう)を教(おし)えてください。 ni.mo.tsu.no./to.ku.cho.u.o./o.shi.e.te./ku.da.sa.i.
找到行李後請立刻幫我送到旅館。	荷物(にもつ)が見(み)つかり次第(しだい)、ホテルへ届(とど)けてください。 ni.mo.tsu.ga./mi.tsu.ka.ri./shi.da.i./ho.te.ru.e./to.do.ke.te./ku.da.sa.i.
要多久的時間才能拿到行李？	荷物(にもつ)を受(う)け取(と)るまでに、どれくらいかかりますか？ ni.mo.tsu.o./u.ke.to.ru./ma.de.ni./do.re.ku.ra.i./ka.ka.ri.ma.su.ka.
如果今天找不到的話該怎麼辦？	今日中(きょうじゅう)に見(み)つからなかった時(とき)はどうするのですか？ kyo.u.ju.u.ni./mi.tsu.ka.ra.na.ka.tta.to.ki.wa./do.u.su.ru.no./de.su.ka.

行李箱凹了。	スーツケースがへこんでしまいました。 su.u.tsu.ke.e.su.ga./he.ko.n.de./shi.ma.i.ma.shi.ta.
行李箱有一個輪子掉了。	スーツケースのタイヤが1（ひと）つとれてしまいました。 su.u.tsu.ke.e.su.no./ta.i.ya.ga./hi.to.tsu./to.re.te./shi.ma.i.ma.shi.ta.
把手受損了。	取（と）っ手（て）が欠（か）けてしまいました。 to.tte.ga./ka.ke.te./shi.ma.i.ma.shi.ta.
我的行李箱壞了。	私（わたし）のスーツケースが壊（こわ）れています。 wa.ta.shi.no./su.u.tsu.ke.e.su.ga./ko.wa.re.te./i.ma.su.
包包拉鍊的縫線裂開了。	バッグのチャックの縫（ぬ）い目（め）が引裂（ひきさ）けています。 ba.ggu.no./cha.kku.no./nu.i.me.ga./hi.ki.sa.ke.te./i.ma.su.
在哪裡可以申請損害賠償。	どこで損害（そんがい）の補償（ほしょう）を請求（せいきゅう）できますか？ do.ko.de./so.n.ga.i.no./ho.sho.u.o./se.i.kyu.u.de.ki.ma.su.ka.

轉機

MP3 12

要在哪裡轉機？	どこで乗(の)り継(つ)げばいいのですか？ do.ko.de./no.ri.tsu.ge.ba./i.i.no.de.su.ka.
好像會趕不上轉機的班機。	乗(の)り継(つ)ぎ便(びん)に遅(おく)れそうです。 no.ri.tsu.gi.bi.n.ni./o.ku.re.so.u.de.su.
要轉機但是時間不夠。	乗(の)り継(つ)ぎ便(びん)があるのですが、時間(じかん)がありません。 no.ri.tsu.gi.bi.n.ga./a.ru.no.de.su.ga./ji.ka.n.ga./a.ri.ma.se.n.
沒趕上轉機的飛機。	乗(の)り継(つ)ぎ便(びん)に間(ま)に合(あ)いませんでした。 no.ri.tsu.gi.bi.n.ni./ma.ni.a.i.ma.se.n.de.shi.ta.
可以搭別的班機嗎？	違(ちが)う便(びん)に乗(の)れますか？ chi.ga.u./bi.n.ni./no.re.ma.su.ka.
可以預約下一班飛機嗎？	次(つぎ)の飛行機(ひこうき)の予約(よやく)はできますか？ tsu.gi.no./hi.ko.u.ki.no./yo.ya.ku.wa./de.ki.ma.su.ka.

在轉機地需要領行李嗎？	経由地で荷物をピックアップする必要がありますか？ ke.i.yu.chi.de./ni.mo.tsu.o./pi.kku.a.ppu.su.ru./hi.tsu.yo.u.ga./a.ri.ma.su.ka.
我寄艙的行李要怎麼辦呢？	私の預け荷物はどうなりますか？ wa.ta.shi.no./a.zu.ke.ni.mo.tsu.wa./do.u.na.ri.ma.su.ka.
行李可以幫我直接送到目的地嗎？	荷物を最終目的地までスルーで運んでもらえますか？ ni.mo.tsu.o./sa.i.shu.u.mo.ku.te.ki.chi./ma.de./su.ru.u.de./ha.ko.n.de./mo.ra.e.ma.su.ka.
是不是在轉機地提取行李(再寄艙)比較好？	荷物は一度引き取った方がいいでしょうか？ ni.mo.tsu.wa./i.chi.do./hi.ki.to.tta./ho.u.ga./i.i.de.sho.u.ka.
轉機的候機室在哪裡？	乗り継ぎの待合室はどこにありますか？ no.ri.tsu.gi.no./ma.chi.a.i.shi.tsu.wa./do.ko.ni./a.ri.ma.su.ka.
行李需要重新寄艙嗎？	荷物を預け直す必要はありますか？ ni.mo.tsu.o./a.zu.ke.na.o.su./hi.tsu.yo.u.wa./a.ri.ma.su.ka.

中文	日文	拼音
我是要轉機前往倫敦的乘客。	ロンドン行(い)きの乗(の)り継(つ)ぎ客(きゃく)なんですが。	ro.n.do.n.i.ki.no./no.ri.tsu.gi.kya.ku./na.n.de.su.ga.
轉乘班機是AK112。	乗(の)り継(つ)ぎ便(びん)はAK112(ひゃくじゅうに)です。	no.ri.tsu.gi.bi.n.wa./e.ke.hya.ku.ju.u.ni.de.su.
轉機櫃臺在那邊。	乗(の)り継(つ)ぎカウンターはあちらになります。	no.ri.tsu.gi./ka.u.n.ta.a.wa./a.chi.ra.ni./na.ri.ma.su.
請在東京辦理轉機手續。	東京(とうきょう)で乗(の)り継(つ)ぎ手続(てつづ)きをしてください。	to.u.kyo.u.de./no.ri.tsu.gi./te.tsu.zu.ki.o./shi.te./ku.da.sa.i.
可以給我轉機的登機證嗎？	乗(の)り継(つ)ぎ便(びん)の搭乗券(とうじょうけん)をいただけますか？	no.ri.tsu.gi.bi.n.no./to.u.jo.u.ke.n.o./i.ta.da.ke.ma.su.ka.
日本航空的轉機櫃臺在哪裡？	JAL(じゃる)の乗(の)り継(つ)ぎカウンターはどこですか？	ja.ru.no./no.ri.tsu.gi./ka.u.n.ta.a.wa./do.ko.de.su.ka.

入關審查

MP3 13

中文	日文	拼音
請出示護照。	パスポートを見(み)せてください。	pa.su.po.o.to.o./mi.se.te./ku.da.sa.i.
旅行的目的是什麼？	旅(たび)の目的(もくてき)は何(なん)ですか？	ta.bi.no./mo.ku.te.ki.wa./na.n.de.su.ka.
請拿下口罩。	マスクを外(はず)してください。	ma.su.ku.o./ha.zu.shi.te./ku.da.sa.i.
為工作來的。	仕事(しごと)で来(き)ました。	shi.go.to.de./ki.ma.shi.ta.
是觀光。	観光(かんこう)です。	ka.n.ko.u.de.su.
是留學。	留学(りゅうがく)です。	ryu.u.ga.ku.de.su.

預計停留幾天呢？	どれぐらい滞在（たいざい）の予定（よてい）ですか？ do.re.gu.ra.i./ta.i.za.i.no./yo.te.i./de.su.ka.
打算停留一週。	1週間滞在（いっしゅうかんたいざい）する予定（よてい）です。 i.sshu.u.ka.n./ta.i.za.i.su.ru./yo.te.i./de.su.
打算在哪裡停留呢？	どこに滞在（たいざい）の予定（よてい）ですか？ do.ko.ni./ta.i.za.i.no./yo.te.i./de.su.ka.
預計住在希爾頓。	ヒルトンに宿泊（しゅくはく）する予定（よてい）です。 hi.ru.to.n.ni./shu.ku.ha.ku./yo.te.i./de.su.
預計住在這個地址上的旅館。	この住所（じゅうしょ）のホテルに滞在（たいざい）する予定（よてい）です。 ko.no./ju.u.sho.no./ho.te.ru.ni./ta.i.za.i.su.ru./yo.te.i./de.su.
有什麼要申報的嗎？	何（なに）か申告（しんこく）するものはありますか？ na.ni.ka./shi.n.ko.ku.su.ru./mo.no.wa./a.ri.ma.su.ka.

讓我確認一下內容物好嗎？	内容（ないよう）を確認（かくにん）させていただいてもいいですか？ na.i.yo.u.o./ka.ku.ni.n.sa.se.te./i.ta.da.i.te.mo./i.i./de.su.ka.
請打開包包。	バッグを開（あ）けてください。 ba.ggu.o./a.ke.te./ku.da.sa.i.
身上帶了多少錢？	所持金（しょじきん）は、いくらですか？ sho.ji.ki.n.wa./i.ku.ra./de.su.ka.
您的職業是什麼？	お仕事（しごと）は何（なに）をなさっていますか？ o.shi.go.to.wa./na.ni.o./na.sa.tte./i.ma.su.ka.
有回程的機票嗎？	帰（かえ）りの航空券（こうくうけん）を持（も）っていますか？ ka.e.ri.no./ko.u.ku.u.ke.n.o./mo.tte./i.ma.su.ka.
同行的有幾個人？	同行者（どうこうしゃ）は何名（なんめい）ですか？ do.u.ko.u.sha.wa./na.n.me.i./de.su.ka.

接機大廳

MP3 14

國際線的入境大廳在幾樓？	国際線(こくさいせん)の到着(とうちゃく)ロビーは何階(なんかい)ですか？	ko.ku.sa.i.se.n.no./to.u.cha.ku.ro.bi.i.wa./na.n.ka.i./de.su.ka.
詢問處在哪裡？	インフォメーションセンターはどちらにありますか？	i.n.fo.me.e.sho.n.se.n.ta.a.wa./do.chi.ra.ni./a.ri.ma.su.ka.
旅遊服務中心在哪裡？	観光案内所(かんこうあんないじょ)はどこにありますか？	ka.n.ko.u.a.n.na.i.jo.wa./do.ko.ni./a.ri.ma.su.ka.
公車站在哪裡？	バスのりばはどこですか？	ba.su.no.ri.ba.wa./do.ko./de.su.ka.
哪裡可以招到計程車？	どこでタクシーを拾(ひろ)えますか？	do.ko.de./ta.ku.shi.i.o./hi.ro.e.ma.su.ka.
有往市區的電車嗎？	市内(しない)まで行(い)ける電車(でんしゃ)はありますか？	shi.na.i.ma.de./i.ke.ru./de.n.sha.wa./a.ri.ma.su.ka.

計程車和地下鐵，哪個比較快到？	タクシーと地下鉄(ちかてつ)のどちらが早(はや)く着(つ)きますか？ ta.ku.shi.i.to./chi.ka.te.tsu.no./do.chi.ra.ga./ha.ya.ku./tsu.ki.ma.su.ka.
往迪士尼的巴士要到幾號候車處？	ディズニーランドへ行(い)くバスは何番目(なんばんめ)の停留所(ていりゅうじょ)ですか？ di.zu.ni.i.ra.n.do.e./i.ku./ba.su.wa./na.n.ba.n.me.no./te.i.ryu.u.jo./de.su.ka.
要怎麼去帝國飯店？	帝国(ていこく)ホテルへはどうやっていくのですか？ te.i.ko.ku.ho.te.ru.e.wa./do.u.ya.tte./i.ku.no.de.su.ka.
這裡能預約租車嗎？	ここでレンタカーの予約(よやく)ができますか？ ko.ko.de./re.n.ta.ka.a.no./yo.ya.ku.ga./de.ki.ma.su.ka.
可以載4個人和2個行李箱嗎？	4人(よにん)と、スーツケース2(ふた)つを乗(の)せられますか？ yo.ni.n.to./su.u.tsu.ke.e.su./fu.ta.tsu.o./no.se.ra.re.ma.su.ka.
這裡可以換周遊券嗎？	ここで周遊(しゅうゆう)パスを引(ひ)き換(か)えできますか？ ko.ko.de./shu.u.yu.u.pa.su.o./hi.ki.ka.e./de.ki.ma.su.ka.

可以教我怎麼連上機場的Wi-Fi嗎？	空港(くうこう)の無料(むりょう)Wi-Fiの接続方法(せつぞくほうほう)を教(おし)えていただけませんか？ ku.u.ko.u.no./mu.ryo.u.wa.i.fa.i.no./se.tsu.zo.ku.ho.u.ho.u.o./o.shi.e.te./i.ta.da.ke.ma.se.n.ka.
這裡有免費Wi-Fi嗎？	こちらに無料(むりょう)Wi-Fiはありますか？ ko.chi.ra.ni./mu.ryo.u.wa.i.fa.i.wa./a.ri.ma.su.ka.
Wi-Fi分享器的租借中心在哪裡呢？	Wi-Fiルーターのレンタルセンターはどこですか？ wa.i.fa.i.ru.u.ta.a.no./re.n.ta.ru.se.n.ta.a.wa./do.ko./de.su.ka.
我來接您了。	お迎(むか)えに参(まい)りました。 o.mu.ka.e.ni./ma.i.ri.ma.shi.ta.
長途飛行辛苦了。	フライト、お疲(つか)れ様(さま)でした。 fu.ra.i.to./o.tsu.ka.re.sa.ma.de.shi.ta.
謝謝您特地到機場接我。	わざわざ空港(くうこう)までお出迎(でむか)えいただきありがとうございます。 wa.za.wa.za./ku.u.ko.u.ma.de./o.de.mu.ka.e./i.ta.da.ki./a.ri.ga.to.u.go.za.i.ma.su.

登機報到

MP3 15

要怎麼去國際線航站？	国際線ターミナルはどう行けばいいですか？ ko.ku.sa.i.se.n.ta.a.mi.na.ru.wa./do.u./i.ke.ba./i.i.de.su.ka.
目的地是哪裡呢？	行き先はどちらですか？ i.ki.sa.ki.wa./do.chi.ra./de.su.ka.
行李裡有液體或可燃物體嗎？	液体や可燃性のものはバッグの中にありますか？ e.ki.ta.i.ya./ka.ne.n.se.i.no./mo.no.wa./ba.ggu.no./na.ka.ni./a.ri.ma.su.ka.
有寄艙行李嗎？	預ける荷物はありますか？ a.zu.ke.ru.ni.mo.tsu.wa./a.ri.ma.su.ka.
要寄放幾件行李？	お荷物はいくつお預けになりますか？ o.ni.mo.tsu.wa./i.ku.tsu./o.a.zu.ke.ni./na.ri.ma.su.ka.
我想託運（寄放）這個行李箱。	このスーツケースを預けたいのですが。 ko.no./su.u.tsu.ke.e.su.o./a.zu.ke.ta.i.no./de.su.ga.

這件行李好像超重了。	この荷物(にもつ)が重(おも)すぎるようです。 ko.no.ni.mo.tsu.ga./o.mo.su.gi.ru./yo.u.de.su.
超過幾公斤？	何(なん)キロ超(こ)えましたか？ na.n.ki.ro./ko.e.ma.shi.ta.ka.
需要減少幾公斤？	何(なん)キロ減(へ)らす必要(ひつよう)がありますか？ na.n.ki.ro./he.ra.su./hi.tsu.yo.u.ga./a.ri.ma.su.ka.
有什麼方法可以讓超重費便宜一點？	追加料金(ついかりょうきん)をなるべくお安(やす)くする方法(ほうほう)は何(なに)かないでしょうか？ tsu.i.ka.ryo.u.ki.n.o./na.ru.be.ku./o.ya.su.ku.su.ru./ho.u.ho.u.wa./na.ni.ka./na.i.de.sho.u.ka.
在手提行李裡再多裝點東西。	ハンドキャリーバッグにもっと荷物(にもつ)を入(い)れます。 ha.n.do.kya.ri.i.ba.ggu.ni./mo.tto./ni.mo.tsu.o./i.re.ma.su.
可以帶幾個隨身行李？	手荷物(てにもつ)は何個(なんこ)まで持(も)ち込(こ)みできますか？ te.ni.mo.tsu.wa./na.n.ko.ma.de./mo.chi.ko.mi./de.ki.ma.su.ka.

可以把嬰兒車推到登機口嗎？	ベビーカーを搭乗口(とうじょうぐち)まで持(も)って行(い)くことはできますか？ be.bi.i.ka.a.o./to.u.jo.u.gu.chi.ma.de./mo.tte./i.ku.ko.to.wa./de.ki.ma.su.ka.
要靠窗還是靠走道的位子？	席(せき)は窓側(まどがわ)と通路側(つうろがわ)のどちらがよろしいですか？ se.ki.wa./ma.do.ga.wa.to./tsu.u.ro.ga.wa.no./do.chi.ra.ga./yo.ro.shi.i.de.su.ka.
可以幫我安排坐一起的位子嗎？	隣同士(となりどうし)の席(せき)にしていただけますか？ to.na.ri.do.u.shi.no./se.ki.ni./shi.te./i.ta.da.ke.ma.su.ka.
這個可以帶上機嗎？	これを機内(きない)に持(も)ち込(こ)めますか？ ko.re.o./ki.na.i.ni./mo.chi.ko.me.ma.su.ka.
機場有地方寄放行李嗎？	空港(くうこう)で荷物(にもつ)を預(あず)かってくれる場所(ばしょ)はありますか？ ku.u.ko.u.de./ni.mo.tsu.o./a.zu.ka.tte./ku.re.ru./ba.sho.wa./a.ri.ma.su.ka.
行李寄放處在哪裡？	荷物預(にもつあず)かり所(しょ)はどこですか？ ni.mo.tsu.a.zu.ka.ri.sho.wa./do.ko.de.su.ka.

第 3 章 交通

巴士、公車

MP3 16

請給我公車路線圖。	バスの路線図（ろせんず）をください。 ba.su.no./ro.se.n.zu.o./ku.da.sa.i.
往動物園的公車站在哪裡？	動物園（どうぶつえん）行（ゆ）きのバス停（てい）はどこですか？ do.u.bu.tsu.e.n.yu.ki.no./ba.su.te.i.wa./do.ko.de.su.ka.
有往美術館的公車嗎？	美術館（びじゅつかん）行（ゆ）きのバスはありますか？ bi.ju.tsu.ka.n.yu.ki.no./ba.su.wa./a.ri.ma.su.ka.
下一班公車何時會來？	次（つぎ）のバスはいつ来（き）ますか？ tsu.gi.no./ba.su.wa./i.tsu.ki.ma.su.ka.
可以在公車上買車票嗎？	バスの中（なか）で切符（きっぷ）を買（か）えますか？ ba.su.no./na.ka.de./ki.ppu.o./ka.e.ma.su.ka.
在哪裡轉乘？	どこで乗（の）り換（か）えますか？ do.ko.de./no.ri.ka.e.ma.su.ka.

什麼時候付車資？	運賃はいつ払えばいいですか？ u.n.chi.n.wa./i.tsu./ha.ra.e.ba./i.i.de.su.ka.
請從前門上車。	前からご乗車ください。 ma.e.ka.ra./go.jo.u.sha./ku.da.sa.i.
請一定要拿號碼牌。	整理券を必ずお取りください。 se.i.ri.ke.n.o./ka.na.ra.zu./o.to.ri./ku.da.sa.i.
請感應票卡。	IC カードをタッチしてください。 a.i.shi.i.ka.a.do.o./ta.cchi.shi.te./ku.da.sa.i.
上下車請感應票卡。	乗るときと降りるときにタッチしてください。 no.ru.to.ki.to./o.ri.ru.to.ki.ni./ta.cchi.shi.te./ku.da.sa.i.
請等公車完全停車了再站起來。	バスが完全に止まってから席をお立ちください。 ba.su.ga./ka.n.ze.n.ni./to.ma.tte.ka.ra./se.ki.o./o.ta.chi./ku.da.sa.i.

請事先按下車鈴。	事前(じぜん)に降車(こうしゃ)ボタンを押(お)してください。 ji.ze.n.ni./ko.u.sha.bo.ta.n.o./o.shi.te./ku.da.sa.i.
到了請告訴我。	着(つ)いたら教(おし)えてください。 tsu.i.ta.ra./o.shi.e.te./ku.da.sa.i.
「市公所前」是第幾站？	市役所前(しやくしょまえ)はいくつめですか？ shi.ya.ku.sho.ma.e.wa./i.ku.tsu.me./de.su.ka.
想在 outlet 下車。	アウトレットで降(お)りたいのですが。 a.u.to.re.tto.de./o.ri.ta.i.no./de.su.ga.
坐過夜間巴士嗎？	夜行(やこう)バスを利用(りよう)したことはありますか？ ya.ko.u.ba.su.o./ri.yo.u.shi.ta./ko.to.wa./a.ri.ma.su.ka.
坐長程巴士便宜地到大阪。	高速(こうそく)バスで大阪(おおさか)まで安(やす)く行(い)きます。 ko.u.so.ku.ba.su.de./o.o.sa.ka.ma.de./ya.su.ku./i.ki.ma.su.

火車、地下鐵

MP3 17

到東京站 2 張。	東京駅(とうきょうえき)まで 2(に)枚(まい)ください。 to.u.kyo.u.e.ki.ma.de./ni.ma.i./ku.da.sa.i.
在哪裡可以買到西瓜卡。	suica はどこで買(か)えますか？ su.i.ka.wa./do.ko.de./ka.e.ma.su.ka.
有 1 日乘車券嗎？	1(いち) 日券(にちけん)はありますか？ i.chi.ni.chi.ke.n.wa./a.ri.ma.su.ka.
這個 Pass 可以用嗎？	このパスは使(つか)えますか？ ko.no.pa.su.wa./tsu.ka.e.ma.su.ka.
用這張票可以坐 nozomi 號嗎？	このチケットでのぞみに乗(の)れますか？ ko.no./chi.ke.tto.de./no.zo.mi.ni./no.re.ma.su.ka.
在哪裡轉乘？	どこで乗(の)り換(か)えればいいですか？ do.ko.de./no.ri.ka.e.re.ba./i.i.de.su.ka.

沒辦法過驗票匣門。	改札（かいさつ）を通（とお）れないのですが。 ka.i.sa.tsu.o./to.o.re.na.i.no./de.su.ga.
單程還是來回？	片道（かたみち）ですか？往復（おうふく）ですか？ ka.ta.mi.chi.de.su.ka./o.u.fu.ku.de.su.ka.
可以改車票嗎？	きっぷの変更（へんこう）はできますか？ ki.ppu.no./he.n.ko.u.wa./de.ki.ma.su.ka.
可以指定座位嗎？	席（せき）を指定（してい）できますか？ se.ki.o./shi.te.i./de.ki.ma.su.ka.
往京都是幾號月台？	京都（きょうと）へは何番線（なんばんせん）ですか？ kyo.u.to.e.wa./na.n.ba.n.se.n./de.su.ka.
往國際大會堂的出口是哪一個？	こくさいホールへの出口（でぐち）はどれですか？ ko.ku.sa.i.ho.o.ru.e.no./de.gu.chi.wa./do.re.de.su.ka.

★單字急救包

首班車	始発（しはつ）	shi.ha.tsu.
末班車	終電（しゅうでん）	shu.u.de.n.
票口、驗票閘門	改札口（かいさつぐち）	ka.i.sa.tsu.gu.chi.
月台	ホーム	ho.o.mu.
~ 號月台	～番線（ばんせん）	ba.n.se.n.
反方向、對向月台	反対側（はんたいがわ）	ha.n.ta.i.ga.wa.
坐錯車	乗（の）り間違（まちが）える	no.ri.ma.chi.ga.e.ru.
坐過站	乗（の）り過（す）ごす	no.ri.su.go.su.
轉乘	乗（の）り換（か）え	no.ri.ka.e.
加值	チャージ	cha.a.ji.
自動補票機	自動精算機（じどうせいさんき）	ji.do.u.se.i.sa.n.ki.
連通道	連絡通路（れんらくつうろ）	re.n.ra.ku.tsu.u.ro.

船運

MP3 18

請在 3 點前上船。	3 時(さんじ)までに乗船(じょうせん)してください。 sa.n.ji.ma.de.ni./jo.u.se.n.shi.te./ku.da.sa.i.
有觀光船嗎？	遊覧船(ゆうらんせん)はありますか？ yu.u.ra.n.se.n.wa./a.ri.ma.su.ka.
我想坐往小豆島的船。	小豆島(しょうどしま)行(ゆ)きの船(ふね)に乗(の)りたいのですが。 sho.u.do.shi.ma.yu.ki.no./fu.ne.ni./no.ri.ta.i.no./de.su.ga.
哪裡可以確認航行資訊呢？	運行情報(うんこうじょうほう)はどこで確認(かくにん)できますか？ u.n.ko.u.jo.u.ho.u.wa./do.ko.de./ka.ku.ni.n./de.ki.ma.su.ka.
可以等一下嗎？	少(すこ)し待(ま)ってもらえますか？ su.ko.shi./ma.tte./mo.ra.e.ma.su.ka.
我沒趕上預約的那一班（船）。	予約(よやく)していた便(びん)に間(ま)に合(あ)わなかったんですが。 yo.ya.ku.shi.te./i.ta./bi.n.ni./ma.ni.a.wa.na.ka.tta.n.de.su.ga.

開船前幾分鐘要到達呢？	出航(しゅっこう)の何分前(なんぷんまえ)に着(つ)いておけばいいですか？ shu.kko.u.no./na.n.pu.n.ma.e.ni./tsu.i.te./o.ke.ba./i.i.de.su.ka.
可以到甲板上嗎？	デッキには出(で)られますか？ de.kki.ni.wa./de.ra.re.ma.su.ka.
哪裡能乘坐觀光船呢？	遊覧船(ゆうらんせん)はどこで乗(の)れますか？ yu.u.ra.n.se.n.wa./do.ko.de./no.re.ma.su.ka.
從船上可以看到什麼風景嗎？	船(ふね)からどんなものが見(み)えますか？ fu.ne.ka.ra./do.n.na./mo.no.ga./mi.e.ma.su.ka.
很棒的航程。	素晴(すば)らしい船旅(ふなたび)でした。 su.ba.ra.shi.i./fu.na.ta.bi.de.shi.ta.
我的乘客卡 (Cruise Card) 不見了。	クルーズカードを無(な)くしてしまいました。 ku.ru.u.zu.ka.a.do.o./na.ku.shi.te./shi.ma.i.ma.shi.ta.

★單字急救包

郵輪旅行	クルーズ旅行（りょこう）	ku.ru.u.zu.ryo.ko.u.
郵輪	クルーズ客船（きゃくせん）	ku.ru.u.zu.kya.ku.se.n.
屋形船	屋形船（やかたぶね）	ya.ka.ta.bu.ne.
觀光船	遊覧船（ゆうらんせん）	yu.u.ra.n.se.n.
渡輪	フェリー	fe.ri.i.
停靠港	寄港地（きこうち）	ki.ko.u.chi.
上船	乗船（じょうせん）	jo.u.se.n.
上陸	上陸（じょうりく）	jo.u.ri.ku.
船長	船長（せんちょう）	se.n.cho.u.
機組人員	乗組員（のりくみいん）	no.ri.ku.mi.i.n.
甲板	デッキ	de.kki.
客艙	キャビン	kya.bi.n.

計程車

MP3 19

這裡招得到計程車嗎？	ここでタクシーを拾(ひろ)えますか？ do.ko.de./ta.ku.shi.i.o./hi.ro.e.ma.su.ka.
要在哪裡排隊等計程車呢？	タクシー待(ま)ちの列(れつ)はどこですか？ ta.ku.shi.i.ma.chi.no./re.tsu.wa./do.ko.de.su.ka.
請幫我安排計程車。	タクシーの手配(てはい)をお願(ねが)いします。 ta.ku.shi.i.no./te.ha.i.o./o.ne.ga.i./shi.ma.su.
請到這個地址。	この住所(じゅうしょ)までお願(ねが)いします。 ko.no.ju.u.sho.ma.de./o.ne.ga.i./shi.ma.su.
可以載我到機場嗎？	空港(くうこう)まで行(い)ってもらえますか？ ku.u.ko.u.ma.de./i.tte./mo.ra.e.ma.su.ka.
可以幫我把行李箱搬到後車廂嗎？	スーツケースをトランクに積(つ)んでもらえますか？ su.u.tsu.ke.e.su.o./to.ra.n.ku.ni./tsu.n.de./mo.ra.e.ma.su.ka.

到那裡要多久？	そこまでどれくらいかかりますか？	so.ko.ma.de./do.re.ku.ra.i./ka.ka.ri.ma.su.ka.
大約需要多少錢？	いくらくらいかかりますか？	i.ku.ra./ku.ra.i./ka.ka.ri.ma.su.ka.
20 分鐘到得了嗎？	２０分(にじゅっぷん)で着(つ)けますか？	ni.ju.ppu.n.de./tsu.ke.ma.su.ka.
可以快一點嗎？	急(いそ)いでもらえますか？	i.so.i.de./mo.ra.e.ma.su.ka.
請走最近的路。	一番早(いちばんはや)い道(みち)でお願(ねが)いします。	i.chi.ba.n./ha.ya.i./mi.chi.de./o.ne.ga.i.shi.ma.su.
可以在這裡等我嗎？	ここで待(ま)っていてもらえますか？	ko.ko.de./ma.tte./i.te./mo.ra.e.ma.su.ka.

有夜間加成嗎？	しんやわりましりょうきん 深夜割増料金がかかりますか？
	shi.n.ya.wa.ri.ma.shi.ryo.u.ki.n.ga./ka.ka.ri.ma.su.ka.
要付高速公路費用嗎？	こうそくりょうきん 高速料金がかかりますか？
	ko.u.so.ku.ryo.u.ki.n.ga./ka.ka.ri.ma.su.ka.
在下個路口(轉角)讓我下車。	つぎ　かど　お 次の角で降ろしてください。
	tsu.gi.no./ka.do.de./o.ro.shi.te./ku.da.sa.i.
請在車站前停車。	えき　まえ　と 駅の前で止まってください。
	e.ki.no./ma.e.de./to.ma.tte./ku.da.sa.i.
可以給我收據嗎？	りょうしゅうしょ 領収書をいただけますか？
	ryo.u.shu.u.sho.o./i.ta.da.ke.ma.su.ka.
不必找錢了。	けっこう おつりは結構です。
	o.tsu.ri.wa./ke.kko.u.de.su.

租車

MP3 20

能在哪裡租到車。	どこで車(くるま)を借(か)りられますか？ do.ko.de./ku.ru.ma.o./ka.ri.ra.re.ma.su.ka.
我預約了租車。	レンタカーの予約(よやく)をしてあります。 re.n.ta.ka.a.no./yo.ya.ku.o./shi.te./a.ri.ma.su.
有哪些車種呢？	どのような種類(しゅるい)の車(くるま)がありますか？ do.no.yo.u.na./shu.ru.i.no./ku.ru.ma.ga./a.ri.ma.su.ka.
有導航嗎？	カーナビ付(つ)きですか？ ka.a.na.bi.tsu.ki./de.su.ka.
費用包含保險嗎？	料金(りょうきん)に保険(ほけん)は含(ふく)まれますか？ ryo.u.ki.n.ni./ho.ke.n.wa./fu.ku.ma.re.ma.su.ka.
可以為我說明保險內容嗎？	保険(ほけん)の説明(せつめい)をしてくれませんか？ ho.ke.n.no./se.tsu.me.i.o./shi.te./ku.re.ma.se.n.ka.

還車時需要加滿油嗎？	返却(へんきゃく)する際(さい)にガソリンを満(まん)タンにする必要(ひつよう)はありますか？ he.n.kya.ku.su.ru.sa.i.ni./ga.so.ri.n.o./ma.n.ta.n.ni./su.ru./hi.tsu.yo.u.wa./a.ri.ma.su.ka.
可以在機場還車嗎？	空港(くうこう)で乗(の)り捨(す)てはできますか？ ku.u.ko.u.de./no.ri.su.te.wa./de.ki.ma.su.ka.
請教我裝兒童座椅。	チャイルドシートの取(と)り付(つ)け方(かた)を教(おし)えてください。 cha.i.ru.do.shi.i.to.no./to.ri.tsu.ke.ka.ta.o./o.shi.e.te./ku.da.sa.i.
導航沒辦法操作。	カーナビがうまく作動(さどう)しません。 ka.a.na.bi.ga./u.ma.ku./sa.do.u.shi.ma.se.n.
緊急聯絡電話（方式）是什麼？	緊急連絡先(きんきゅうれんらくさき)はどちらになりますか？ ki.n.kyu.u.re.n.ra.ku.sa.ki.wa./do.chi.ra.ni./na.ri.ma.su.ka.
請確認電池電量。	バッテリーを確認(かくにん)してください。 ba.tte.ri.i.o./ka.ku.ni.n.shi.te./ku.da.sa.i.

可以讓我影印國際駕照嗎？	国際免許証(こくさいめんきょしょう)のコピーを取(と)らせていただけますか？ ko.ku.sa.i.me.n.kyo.sho.u.no./ko.pi.i.o./to.ra.se.te./i.ta.da.ke.ma.su.ka.
可以換車型嗎？	車種(しゃしゅ)の変更(へんこう)は可能(かのう)ですか？ sha.shu.no./he.n.ko.u.wa./ka.no.u.de.su.ka.
能夠延長嗎？	延長(えんちょう)することは可能(かのう)ですか？ e.n.cho.u.su.ru.ko.to.wa./ka.no.u.de.su.ka.
要怎麼開後車廂？	トランクはどうやって開(あ)けるのですか？ to.ra.n.ku.wa./do.u.ya.tte./a.ke.ru.no./de.su.ka.
要怎麼發動引擎？	エンジンを掛(か)けるにはどうすればいいですか？ e.n.ji.n.o./ka.ke.ru.ni.wa./do.u.su.re.ba./i.i.de.su.ka.
要加哪一種油？	給油(きゅうゆ)は何(なに)を入(い)れますか？ kyu.u.yu.wa./na.ni.o./i.re.ma.su.ka.

駕車

MP3 21

會開車。	車(くるま)を運転(うんてん)できます。 ku.ru.ma.o./u.n.te.n.de.ki.ma.su.
我們開車去兜風吧。	ドライブに行(い)きましょう。 do.ra.i.bu.ni./i.ki.ma.sho.u.
上高速公路。	高速(こうそく)に乗(の)ります。 ko.u.so.ku.ni./no.ri.ma.su.
附近有停車場嗎？	近(ちか)くに駐車場(ちゅうしゃじょう)はありませんか？ chi.ka.ku.ni./chu.u.sha.jo.u.wa./a.ri.ma.se.n.ka.
路上很塞呢。	道(みち)が混(こ)んでいますね。 mi.chi.ga./ko.n.de./i.ma.su.ne.
碰上了塞車。	渋滞(じゅうたい)にハマってしまいました。 ju.u.ta.i.ni./ha.ma.tte./shi.ma.i.ma.shi.ta.

爆胎了。	パンクしました。 pa.n.ku.shi.ma.shi.ta.
可以幫我看胎壓嗎？	タイヤの空気圧(くうきあつ)を見(み)てもらえますか？ ta.i.ya.no./ku.u.ki.a.tsu.o./mi.te./mo.ra.e.ma.su.ka.
發不動引擎。	エンジンがかからなくなりました。 e.n.ji.n.ga./ka.ka.ra.na.ku./na.ri.ma.shi.ta.
導航不動了。	ナビが動(うご)かなくなりました。 na.bi.ga./u.go.ka.na.ku./na.ri.ma.shi.ta.
被車撞了。	車(くるま)をぶつけられてしまいました。 ku.ru.ma.o./bu.tsu.ke.ra.re.te./shi.ma.i.ma.shi.ta.
可以幫我安排替代車輛嗎？	代(か)わりの車(くるま)の手配(てはい)をお願(ねが)いできますか？ ka.wa.ri.no./ku.ru.ma.no./te.ha.i.o./o.ne.ga.i./de.ki.ma.su.ka.

中文	日文	拼音
這附近有加油站嗎？	この辺（へん）にガソリンスタンドはありますか？	ko.no.he.n.ni./ga.so.ri.n.su.ta.n.do.wa./a.ri.ma.su.ka.
請加滿（油）。	満（まん）タンにしてください。	ma.n.ta.n.ni./shi.te./ku.da.sa.i.
請加2000日圓的油。	2000（にせん）円分給油（えんぶんきゅうゆ）してください。	ni.se.n.e.n.bu.n./kyu.u.yu.shi.te./ku.da.sa.i.

★單字急救包

中文	日文	拼音
無鉛95	レギュラー	re.gyu.ra.a.
無鉛98	ハイオク	ha.i.o.ku.
柴油	軽油（けいゆ）	ke.i.yu.
自助式（加油）	セルフ	se.ru.fu.

徒步騎車

MP3 22

因為很近所以散步過去。	近(ちか)いから散歩(さんぽ)しながら行(い)きます。 chi.ka.i.ka.ra./sa.n.po.shi.na.ga.ra./i.ki.ma.su.
從這裡走得到嗎？	ここから歩(ある)いていけますか？ ko.ko.ka.ra./a.ru.i.te./i.ke.ma.su.ka.
從旅館走路到得了的距離嗎？	ホテルから歩(ある)ける距離(きょり)ですか？ ho.te.ru.ka.ra./a.ru.ke.ru./kyo.ri.de.su.ka.
從車站走路約5分鐘。	駅(えき)から徒歩(とほ)5分程度(ごふんていど)です。 e.ki.ka.ra./to.ho./go.fu.n.te.i.do./de.su.
用走的話太遠了。	歩(ある)くには遠(とお)すぎます。 a.ru.ku.ni.wa./to.o.su.gi.ma.su.
走路需要多少時間？	歩(ある)いてどのくらいかかりますか？ a.ru.i.te./do.no.ku.ra.i./ka.ka.ri.ma.su.ka.

因為天氣很好，所以散步回去。	天気がいいから、散歩しながら帰ります。 te.n.ki.ga./i.i.ka.ra./sa.n.po.shi.na.ga.ra./ka.e.ri.ma.su.
只能走路去。	徒歩で行くしかありません。 to.ho.de./i.ku.shi.ka./a.ri.ma.se.n.
這條路是行人徒步區。	この通りは歩行者天国です。 ko.no./to.o.ri.wa./ho.ko.u.sha.te.n.go.ku.de.su.

★單字急救包

斑馬線	横断歩道	o.u.da.n.ho.do.u.
紅綠燈	信号	shi.n.go.u.
天橋	歩道橋	ho.do.u.kyo.u.
人行道	歩道	ho.do.u.
路口	交差点	ko.u.sa.te.n.

中文	日文 / 拼音
有出租腳踏車嗎？	レンタルサイクルはありますか？ re.n.ta.ru.sa.i.ku.ru.wa./a.ri.ma.su.ka.
有出租腳踏車嗎？	貸(か)し自転車(じてんしゃ)はありますか？ ka.shi.ji.te.n.sha.wa./a.ri.ma.su.ka.
把腳踏車的鑰匙搞丟了。	自転車(じてんしゃ)の鍵(かぎ)をなくしてしまいました。 ji.te.n.sha.no./ka.gi.o./na.ku.shi.te./shi.ma.i.ma.shi.ta.
請教我上鎖的方式。	鍵(かぎ)のかけ方(かた)を教(おし)えてください。 ka.gi.no./ka.ke.ka.ta.o./o.shi.e.te./ku.da.sa.i.
可以調整腳踏車座椅嗎？	サドルを調整(ちょうせい)できますか？ sa.do.ru.o./cho.u.se.i./de.ki.ma.su.ka.
腳踏車鍊掉了。	チェーンが外(はず)れました。 che.e.n.ga./ha.zu.re.ma.shi.ta.

問路

MP3 23

要怎麼去地下鐵車站？	地下鉄の駅までどうやっていけばいいでしょうか？ chi.ka.te.tsu.no./e.ki.ma.de./do.u.ya.tte./i.ke.ba./i.i.de.sho.u.ka.
這條路是往美術館的對嗎？	美術館へはこの道で合っていますか？ bi.ju.tsu.ka.n.e.wa./ko.no.mi.chi.de./a.tte./i.ma.su.ka.
您知道最近的車站在哪嗎？	最寄りの駅はどこかご存知ですか？ mo.yo.ri.no./e.ki.wa./do.ko.ka./go.zo.n.ji./de.su.ka.
可以告訴我怎麼去嗎？	どうやって行けるか教えていただけますか？ do.u.ya.tte./i.ke.ru.ka./o.shi.e.te./i.ta.da.ke.ma.su.ka.
好像走錯路了。	間違った道を進んでいるようですが。 ma.chi.ga.tta./mi.chi.o./su.su.n.de.i.ru.yo.u./de.su.ga.
我正在找地下鐵車站。	地下鉄の駅を探しているんですが。 chi.ka.te.tsu.no./e.ki.o./sa.ga.shi.te./i.ru.n./de.su.ga.

迷路了。	道(みち)に迷(まよ)ってしまいました。 mi.chi.ni./ma.yo.tte./shi.ma.i.ma.shi.ta.
往這方向是對的嗎？	この方向(ほうこう)で正(ただ)しいですか？ ko.no./ho.u.ko.u.de./ta.da.shi.i./de.su.ka.
離這裡很近/很遠嗎？	ここから近(ちか)い／遠(とお)いですか？ ko.ko.ka.ra./chi.ka.i./to.o.i./de.su.ka.
要不要坐電車呢？	電車(でんしゃ)にしたらどうですか？ de.n.sha.ni./shi.ta.ra./do.u./de.su.ka.
用走的要很久喔。	徒歩(とほ)だとだいぶかかりますよ。 to.ho.da.to./da.i.bu./ka.ka.ri.ma.su.yo.
我對這附近不熟。	この辺(へん)は詳(くわ)しくないんです。 ko.no.he.n.wa./ku.wa.shi.ku.na.i.n./de.su.

中文	日文	拼音
走到反方向了喔。	違(ちが)う方向(ほうこう)に行(い)ってますよ。	chi.ga.u.ho.u.ko.u.ni./i.tte./ma.su.yo.
請直走。	真(ま)っすぐ行(い)ってください。	ma.ssu.gu./i.tte./ku.da.sa.i.
請在第一個轉角左轉。	最初(さいしょ)の角(かど)を左(ひだり)に曲(ま)がってください。	sa.i.sho.no./ka.do.o./hi.da.ri.ni./ma.ga.tte./ku.da.sa.i.
看到紅綠燈後請過斑馬線。	信号機(しんごうき)が見(み)えたら横断歩道(おうだんほどう)を渡(わた)ってください。	shi.n.go.u.ki.ga./mi.e.ta.ra./o.u.da.n.ho.do.u.o./wa.ta.tte./ku.da.sa.i.
附近有警察局嗎？	近(ちか)くに交番(こうばん)はありますか？	chi.ka.ku.ni./ko.u.ba.n.wa./a.ri.ma.su.ka.
有什麼目標物嗎？	何(なに)か目印(めじるし)はありますか？	na.ni.ka./me.ji.ru.shi.wa./a.ri.ma.su.ka.

第 4 章 住宿

入住 MP3 24

我要辦理入住。	チェックインをお願(ねが)いします。 che.kku.i.n.o./o.ne.ga.i./shi.ma.su.
我有預約，姓李。	予約(よやく)しています。リーです。 yo.ya.ku.shi.te./i.ma.su./ri.i./de.su.
這是預約號碼。	こちらが予約番号(よやくばんごう)です。 ko.chi.ra.ga./yo.ya.ku.ba.n.go.u./de.su.
可以提早入住嗎？	チェックインの時間(じかん)を早(はや)めることはできますか？ che.kku.i.n.no./ji.ka.n.o./ha.ya.me.ru./ko.to.wa./de.ki.ma.su.ka.
請填寫住宿資料卡。	宿泊者(しゅくはくしゃ)カードにご記入(きにゅう)ください。 shu.ku.ha.ku.sha.ka.a.do.ni./go.ki.nyu.u./ku.da.sa.i.
這是房卡。	こちらがカードキーです。 ko.chi.ra.ga./ka.a.do.ki.i./de.su.

在入住時間之前可以先寄放行李嗎？	チェックインの時間（じかん）まで荷物（にもつ）を預（あず）かってもらえますか？ che.kku.i.n.no./ji.ka.n.ma.de./ni.mo.tsu.o./a.zu.ka.tte./mo.ra.e.ma.su.ka.
可以幫我把行李拿到房間嗎？	荷物（にもつ）を部屋（へや）まで運（はこ）んでもらえますか？ ni.mo.tsu.o./he.ya.ma.de./ha.ko.n.de./mo.ra.e.ma.su.ka.
櫃台24小時都開著嗎？	フロントは２４時間（にじゅうよじかん）開（あ）いていますか？ fo.ro.n.to.wa./ni.ju.u.yo.ji.ka.n./a.i.te./i.ma.su.ka.
因為班機問題所以到達的時間晚了。	飛行機（ひこうき）のトラブルで到着（とうちゃく）が遅（おく）れます。 hi.ko.u.ki.no./to.ra.bu.ru.de./to.u.cha.ku.ga./o.ku.re.ma.su.
請不要取消預約。	予約（よやく）を取（と）り消（け）ししないでください。 yo.ya.ku.o./to.ri.ke.shi./shi.na.i.de./ku.da.sa.i.
房間是幾樓？	部屋（へや）は何階（なんかい）ですか？ he.ya.wa./na.n.ka.i./de.su.ka.

幾歲以下的兒童不算床位？	子供の添い寝は何歳までですか？ ko.do.mo.no./so.i.ne.wa./na.n.sa.i.ma.de./de.su.ka.
有家庭房嗎？	ファミリーで利用できるお部屋はありますか？ fa.mi.ri.i.de./ri.yo.u.de.ki.ru./o.he.ya.wa./a.ri.ma.su.ka.
有沒有衛浴分離的房間？	お風呂とトイレが別のお部屋はありますか？ o.fu.ro.to./to.i.re.ga./be.tsu.no./o.he.ya.wa./a.ri.ma.su.ka.
外出時，請把鑰匙(房卡)交給櫃台。	外出の際は、鍵をフロントにお預けください。 ga.i.shu.tsu.no./sa.i.wa./ka.gi.o./fu.ro.n.to.ni./o.a.zu.ke./ku.da.sa.i.
我的鑰匙不能用，可以請你看一下嗎？	ルームキーが使えないのですが、確認していただけませんか？ ru.u.mu.ki.i.ga./tsu.ka.e.na.i.no./de.su.ga./ka.ku.ni.n.shi.te./i.ta.da.ke.ma.se.n.ka.
這和我訂的房型不同，可以換房間嗎？	お願いした部屋とは違うので、部屋を替えていただけますか？ o.ne.ga.i.shi.ta./he.ya.to.wa./chi.ga.u.no.de./he.ya.o./ka.e.te./i.ta.da.ke.ma.su.ka.

日式旅館

MP3 25

今天的女性用溫泉是哪一邊？	今日女湯(きょうおんなゆ)はどちらですか？ kyo.u./o.n.na.yu.wa./do.chi.ra./de.su.ka.
男性用溫泉在哪邊？	男湯(おとこゆ)はどこですか？ o.to.ko.yu.wa./do.ko./de.su.ka.
穿浴衣到早餐餐廳也沒關係嗎？	朝食会場(ちょうしょくかいじょう)へは浴衣(ゆかた)でも大丈夫(だいじょうぶ)ですか？ cho.u.sho.ku.ka.i.jo.u.e.wa./yu.ka.ta.de.mo./da.i.jo.u.bu./de.su.ka.
有沒有附室外浴池的房間？	露天風呂(ろてんぶろ)付(つ)き客室(きゃくしつ)はありますか？ ro.te.n.bu.ro.tsu.ki./kya.ku.shi.tsu.wa./a.ri.ma.su.ka.
辦理入住前可以使用公共浴池嗎？	チェックイン前(まえ)に大浴場(だいよくじょう)を利用(りよう)できますか？ che.kku.i.n./ma.e.ni./da.i.yo.ku.jo.u.o./ri.yo.u.de.ki.ma.su.ka.
在室內時請穿拖鞋。	建物内(たてものない)ではスリッパをご利用(りよう)ください。 ta.te.mo.no.na.i./de.wa./su.ri.ppa.o./go.ri.yo.u./ku.da.sa.i.

房間裡有廁所嗎？	部屋(へや)にトイレはありますか？ he.ya.ni./to.i.re.wa./a.ri.ma.su.ka.
請脫鞋入內。	土足禁止(どそくきんし)です。 do.so.ku.ki.n.shi.de.su.
可以穿鞋進去嗎？	靴(くつ)を履(は)いたままでいいですか？ ku.tsu.o./ha.i.ta.ma.ma.de./i.i.de.su.ka.
晚餐是幾點？	夕食(ゆうしょく)はいつですか？ yu.u.sho.ku.wa./i.tsu.de.su.ka.
公共浴場裡有毛巾嗎？	大浴場(だいよくじょう)にタオルはありますか？ da.i.yo.ku.jo.u.ni./ta.o.ru.wa./a.ri.ma.su.ka.
請勿穿廁所的拖鞋在室內走。	トイレのスリッパで室内(しつない)は歩(ある)かないでください。 to.i.re.no./su.ri.ppa.de./shi.tsu.na.i.wa./a.ru.ka.na.i.de./ku.da.sa.i.

★單字急救包

日式旅館	旅館（りょかん）	ryo.ka.n.
旅館女主人	女将（おかみ）さん	o.ka.mi.sa.n.
棉被	布団（ふとん）	fu.to.n.
公共浴池	大浴場（だいよくじょう）	da.i.yo.ku.jo.u.
浴池／浴缸	浴槽（よくそう）	yo.ku.so.u.
更衣室	脱衣場（だついじょう）	da.tsu.i.jo.u.
蒸氣室	サウナ	sa.u.na.
日式房間	和室（わしつ）	wa.shi.tsu.
暖氣	暖房（だんぼう）	da.n.bo.u.
電暖器	ヒーター	hi.i.ta.a.
臨時床	エキストラベッド	e.ki.su.to.ra.be.ddo.
接送	送迎（そうげい）	so.u.ge.i.

旅館設施

MP3 26

有無障礙設施嗎？	バリアフリー対応（たいおう）はしていますか？ ba.ri.a.fu.ri.i.ta.i.o.u.wa./shi.te./i.ma.su.ka.
有冰箱嗎？	冷蔵庫（れいぞうこ）は付（つ）いていますか？ re.i.zo.u.ko.wa./tsu.i.te./i.ma.su.ka.
這裡可以匯兌嗎？	ここで両替（りょうがえ）できますか？ ko.ko.de./ryo.u.ga.e./de.ki.ma.su.ka.
有沒有會說中文的工作人員？	中国語（ちゅうごくご）を話（はな）せるスタッフはいますか？ chu.u.go.ku.go.o./ha.na.se.ru./su.ta.ffu.wa./i.ma.su.ka.
費用包含早餐嗎？	朝食（ちょうしょく）は料金（りょうきん）に含（ふく）まれていますか？ cho.u.sho.ku.wa./ryo.u.ki.n.ni./fu.ku.ma.re.te./i.ma.su.ka.
我預約了雙床房型，但只有1張床。	ツインベッドルームを予約（よやく）しましたが、ベッドが1（ひと）つしかありません。 tsu.i.n.be.ddo.ru.u.mu.o./yo.ya.ku.shi.ma.shi.ta.ga./be.ddo.ga./hi.to.tsu./shi.ka./a.ri.ma.se.n.

有沒有出租電腦？	パソコンの貸出(かしだし)はありますか？	pa.so.ko.n.no./ka.shi.da.shi.wa./a.ri.ma.su.ka.
能連接網路嗎？	インターネット接続(せつぞく)はできますか？	i.n.ta.a.ne.tto./se.tsu.zo.ku.wa./de.ki.ma.su.ka.
可以告訴我怎麼設定鬧鐘嗎？	アラームのセットの仕方(しかた)を教(おし)えていただけますか？	a.ra.a.mu.no./se.tto.no./shi.ka.ta.o./o.shi.e.te./i.ta.da.ke.ma.su.ka.
請問游泳池的營業時間？	プールはいつ営業(えいぎょう)していますか？	pu.u.ru.wa./i.tsu./e.i.gyo.u.shi.te./i.ma.su.ka.
我想使用健身房，能借到鞋子和衣服嗎？	ジムを利用(りよう)したいのですが、ウェアや靴(くつ)は借(か)りられますか？	ji.mu.o./ri.yo.u.shi.ta.i.no./de.su.ga./we.a.ya./ku.tsu.wa./ka.ri.ra.re.ma.su.ka.
有衣服送洗服務嗎？	ランドリーサービスをお願(ねが)いできますか？	ra.n.do.ri.i.sa.a.bi.su.o./o.ne.ga.i./de.ki.ma.su.ka.

有沒有當地生活情報之類的雜誌？	タウンガイドのようなものはありますか？ ta.u.n.ga.i.do.no./yo.u.na./mo.no.wa./a.ri.ma.su.ka.
可以給我地圖嗎？	地図（ちず）をもらえますか？ chi.zu.o./mo.ra.e.ma.su.ka.

★單字急救包

加濕器	加湿器（かしつき）	ka.shi.tsu.ki.
空氣清淨機	空気洗浄機（くうきせんじょうき）	ku.u.ki.se.n.jo.u.ki.
吹風機	ドライヤー	do.ra.i.ya.a.
衣架	ハンガー	ha.n.ga.a.
浴巾	バスタオル	ba.su.ta.o.ru.
拖鞋	スリッパ	su.ri.ppa.

住宿問題

MP3 27

想請問旅館相關的事情。	ホテルについて少々(しょうしょう)伺(うかが)いたいのですが。 ho.te.ru.ni./tsu.i.te./sho.u.sho.u./u.ka.ga.i.ta.i.no./de.su.ga.
晚上在旅館周邊行走安全嗎？	夜(よる)にホテルの周辺(しゅうへん)を歩(ある)いても安全(あんぜん)ですか？ yo.ru.ni./ho.te.ru.no./shu.u.he.n.o./a.ru.i.te.mo./a.n.ze.n.de.su.ka.
會有寄給我的包裹，能幫我保管嗎？	私宛(わたしあて)に荷物(にもつ)が届(とど)くので預(あず)かってもらえませんか？ wa.ta.shi.a.te.ni./ni.mo.tsu.ga./to.do.ku.no.de./a.zu.ka.tte./mo.ra.e.ma.se.n.ka.
我把房卡忘在房間裡了。	カードキーを部屋(へや)に忘(わす)れてしまいました。 ka.a.do.ki.i.o./he.ya.ni./wa.su.re.te./shi.ma.i.ma.shi.ta.
可以幫我的手機充電嗎？	スマホの充電(じゅうでん)をしていただけますか？ su.ma.ho.no./ju.u.de.n.o./shi.te./i.ta.da.ke.ma.su.ka.
可以幫我把文件交給等下過來的朋友嗎？	あとで来(く)る友人(ゆうじん)にこの書類(しょるい)を渡(わた)してくれませんか？ a.to.de./ku.ru./yu.u.ji.n.ni./ko.no.sho.ru.i.o./wa.ta.shi.te./ku.re.ma.se.n.ka.

可以幫我把房間的溫度調高 / 調低嗎？	部屋(へや)の温度(おんど)を上(あ)げて / 下(さ)げてもらえますか？ he.ya.no./o.n.do.o./a.ge.te./sa.ge.te./mo.ra.e.ma.su.ka.
我連不上網路。	インターネットに接続(せつぞく)できないのですが。 i.n.ta.a.ne.tto.ni./se.tsu.zo.ku./de.ki.na.i.no./de.su.ga.
要求送毛巾來但還沒送來。	タオルお願(ねが)いしたのですが、届(とど)けてもらえませんでした。 ta.o.ru./o.ne.ga.i.shi.ta.no./de.su.ga./to.do.ke.te./mo.ra.e.ma.se.n.de.shi.ta.
有人在走廊吵鬧。	廊下(ろうか)で騒(さわ)いでいる人(ひと)がいるのですが。 ro.u.ka.de./sa.wa.i.de./i.ru./hi.to.ga./i.ru.no./de.su.ga.
空調太吵了睡不著。	エアコンがうるさくて眠(ねむ)れません。 e.a.ko.n.ga./u.ru.sa.ku.te./ne.mu.re.ma.se.n.
燈不亮了。	電気(でんき)が消(き)えてしまったのですが。 de.n.ki.ga./ki.e.te./shi.ma.tta.no./de.su.ga.

有奇怪的味道讓人不舒服。	変(へん)なにおいがして気分(きぶん)が悪(わる)いです。 he.n.na./ni.o.i.ga./shi.te./ki.bu.n.ga./wa.ru.i.de.su.
進房時就已經壞了。	部屋(へや)に入(はい)った時(とき)には壊(こわ)れていたようです。 he.ya.ni./ha.i.tta./to.ki.ni.wa./ko.wa.re.te./i.ta.yo.u.de.su.
窗戶打不開。	窓(まど)が開(あ)きません。 ma.do.ga./a.ki.ma.se.n.
廁所漏水。	トイレが水漏(みずも)れしています。 to.i.re.ga./mi.zu.mo.re./shi.te./i.ma.su.
馬桶堵住了。	トイレがつまったみたいです。 to.i.re.ga./tsu.ma.tta./mi.ta.i./de.su.
廁所沒有衛生紙了。	トイレットペーパーがないです。 to.i.re.tto.pe.e.pa.a.ga./na.i./de.su.

客房服務

MP3 28

<table>
<tr><td>能安排按摩嗎？</td><td>マッサージ、手配（てはい）はできますか？
ma.ssa.a.ji./te.ha.i.wa./de.ki.ma.su.ka.</td></tr>
<tr><td>能給我一壺熱水嗎？</td><td>お湯（ゆ）をポットでいただけませんか？
o.yu.o./po.tto.de./i.ta.da.ke.ma.se.n.ka.</td></tr>
<tr><td>想要叫客房服務。</td><td>ルームサービスをお願（ねが）いしたいのですが。
ru.u.mu.sa.a.bi.su.o./o.ne.ga.i.shi.ta.i.no./de.su.ga.</td></tr>
<tr><td>請拿一瓶紅酒來。</td><td>ワインを１本（いっぽん）、持（も）ってきてください。
wa.i.n.o./i.ppo.n./mo.tte./ki.te./ku.da.sa.i.</td></tr>
<tr><td>何時能準備好？</td><td>いつ用意（ようい）できますか？
i.tsu./yo.u.i./de.ki.ma.su.ka.</td></tr>
<tr><td>費用請加在房間帳單上。</td><td>料金（りょうきん）は部屋（へや）の請求書（せいきゅうしょ）に足（た）しておいてください。
ryo.u.ki.n.wa./he.ya.no./se.i.kyu.u.sho.ni./ta.shi.te./o.i.te./ku.da.sa.i.</td></tr>
</table>

可以把餐具收走嗎？	食器(しょっき)を下(さ)げてもらえますか？ sho.kki.o./sa.ge.te./mo.ra.e.ma.su.ka.
我叫了客房服務，但還沒來。	ルームサービスを頼(たの)んで、まだ来(こ)ないのですが。 ru.u.mu.sa.a.bi.su.o./ta.no.n.de./ma.da./ko.na.i.no./de.su.ga.
和我訂的品項不同。	頼(たの)んだものと違(ちが)います。 ta.no.n.da.mo.no.to./chi.ga.i.ma.su.
可以再給我 1 張 (片) 嗎？	もう 1 枚(いちまい)いただけますか？ mo.u.i.chi.ma.i./i.ta.da.ke.ma.su.ka.
我想借充電器。	充電器(じゅうでんき)をお借(か)りしたいのですが。 ju.u.de.n.ki.o./o.ka.ri./shi.ta.i.no./de.su.
密碼寫在哪裡呢？	パスワードはどこに書(か)いてありますか？ pa.su.wa.a.do.wa./do.ko.ni./ka.i.te./a.ri.ma.su.ka.

我把玻璃杯打破了，可以立刻來打掃嗎？	コップを割（わ）ってしまいました。すぐに掃除（そうじ）に来（き）ていただけますか？ ko.ppu.o./wa.tte./shi.ma.i.ma.shi.ta./su.gu.ni./so.u.ji.ni./ki.te./i.ta.da.ke.ma.su.ka.
請打掃房間。	部屋（へや）の掃除（そうじ）をお願（ねが）いします。 he.ya.no./so.u.ji.o./o.ne.ga.i./shi.ma.su.
請換床單。	シーツを替（か）えてください。 shi.i.tsu.o./ka.e.te./ku.da.sa.i.
不必打掃房間。	部屋（へや）の掃除（そうじ）しなくていいです。 he.ya.no./so.u.ji./shi.na.ku.te./i.i.de.su.
沒清潔整理房間。	部屋（へや）が掃除（そうじ）されていませんが。 he.ya.ga./so.u.ji.sa.re.te./i.ma.se.n.ga.
可以多拿2條毛巾來嗎？	タオルを追加（ついか）で2枚（にまい）持（も）ってきてもらえますか？ ta.o.ru.o./tsu.i.ka.de./ni.ma.i./mo.tte./ki.te./mo.ra.e.ma.su.ka.

退房

MP3 29

退房時間是幾點？	チェックアウトは何時(なんじ)ですか？ che.kku.a.u.to.wa./na.n.ji./de.su.ka.
可以晚點退房嗎？	遅(おそ)くチェックアウトできますか？ o.so.ku./che.kku.a.u.to./de.ki.ma.su.ka.
我想多住一晚。	もう１日延泊(いちにちえんぱく)したいのですが。 mo.u.i.chi.ni.chi./e.n.pa.ku./shi.ta.i.no./de.su.ga.
可以晚點退房嗎？	レイトチェックアウトはできますか？ re.i.to.che.kku.a.u.to.wa./de.ki.ma.su.ka.
追加費用是多少？	追加料金(ついかりょうきん)はいくらですか？ tsu.i.ka.ryo.u.ki.n.wa./i.ku.ra./de.su.ka.
房間鑰匙(房卡)要怎麼歸還呢？	ルームキーはどうすればいいですか？ ru.u.mu.ki.i.wa./do.u./su.re.ba./i.i.de.su.ka.

第1章 第2章 第3章 第4章 第5章 第6章 第7章 第8章 第9章 第10章 第11章

因為凌晨就要出發，可以前一晚先結算嗎？	早朝出発(そうちょうしゅっぱつ)のための前夜精算(ぜんやせいさん)はできますか？ so.u.cho.u.shu.ppa.tsu.no./ta.me.no./ze.n.ya.se.i.sa.n.wa./de.ki.ma.su.ka.
我想在早上5點退房，可以嗎？	午前(ごぜん)5時(ごじ)にチェックアウトしたいのですが、できますか？ go.ze.n./go.ji.ni./che.kku.a.u.to.shi.ta.i.no./de.su.ga./de.ki.ma.su.ka.
我想在房間待到下午2點，可以嗎？	午後(ごご)2時(にじ)まで部屋(へや)にいたいのですが、大丈夫(だいじょうぶ)ですか？ go.go./ni.ji.ma.de./he.ya.ni./i.ta.i.no./de.su.ga./da.i.jo.u.bu.de.su.ka.
可以來我房間搬行李嗎？	部屋(へや)まで荷物(にもつ)を取(と)りに来(き)ていただけますか？ he.ya.ma.de./ni.mo.tsu.o./to.ri.ni./ki.te./i.ta.da.ke.ma.su.ka.
這是什麼的費用？	これは何(なん)の料金(りょうきん)ですか？ ko.re.wa./na.n.no./ryo.u.ki.n./de.su.ka.
可以教我自動結帳機的使用方式嗎？	自動精算機(じどうせいさんき)の使(つか)い方(かた)を教(おし)えていただけますか？ ji.do.u.se.i.sa.n.ki.no./tsu.ka.i.ka.ta.o./o.shi.e.te./i.ta.da.ke.ma.su.ka.

房間鑰匙(房卡)要怎麼歸還呢?	ルームキーはどうすればいいですか? ru.u.mu.ki.i.wa./do.u.su.re.ba./i.i.de.su.ka.
請把房間鑰匙交還給櫃台。	フロントにルームキーをご返却(へんきゃく)ください。 fu.ro.n.to.ni./ru.u.mu.ki.i.o./go.he.n.kya.ku./ku.da.sa.i.
很舒服的住房經驗。	とっても居心地(いごこち)のいい滞在(たいざい)でした。 to.tte.mo./i.go.ko.chi.no./i.i./ta.i.za.i./de.shi.ta.
還想再來。	また、来(き)たいと思(おも)います。 ma.ta./ki.ta.i.to./o.mo.i.ma.su.

★單字急救包

房卡	カードキー	ka.a.do.ki.i.
自助式辦理入住/自動報到	セルフチェックイン	se.ru.fu.che.kku.i.n.

第1章 第2章 第3章 第4章 第5章 第6章 第7章 第8章 第9章 第10章 第11章

寄物遺失物

MP3 30

入住之前可以寄放行李嗎？	チェックイン時間まで、荷物を預かってもらえますか？ che.kku.i.n./ji.ka.n.ma.de./ni.mo.tsu.o./a.zu.ka.tte./mo.ra.e.ma.su.ka.
出發前可以把行李放在這裡嗎？	出発まで荷物を預かっていただけませんか？ shu.ppa.tsu.ma.de./ni.mo.tsu.o./a.zu.ka.tte./i.ta.da.ke.ma.se.n.ka.
3天後還會回來。	また3日後に戻ってくるのですが。 ma.ta./mi.kka.go.ni./mo.do.tte./ku.ru.no./de.su.ga.
3小時後會回來。	3時間くらいで戻ります。 sa.n.ji.ka.n./ku.ra.i.de./mo.do.ri.ma.su.
請拿著這個憑證。	この半券をお持ちください。 ko.no./ha.n.ke.n.o./o.mo.chi./ku.da.sa.i.
我想拿行李，這是寄物憑證。	荷物を受け取りたいのですが。こちらが預かり券です。 ni.mo.tsu.o./u.ke.to.ri.ta.i.no./de.su.ga./ko.chi.ra.ga./a.zu.ka.ri.ke.n./de.su.

裡面有易碎品，請小心處理。	割れ物が入っているので丁寧に扱ってください。	wa.re.mo.no.ga./ha.i.tte./i.ru.no.de./te.i.ne.i.ni./a.tsu.ka.tte./ku.da.sa.i.
把東西忘在房間裡了。	部屋に忘れ物をしました	he.ya.ni./wa.su.re.mo.no.o./shi.ma.shi.ta.
可以回房間拿嗎？	部屋に取りに戻ってもいいですか？	he.ya.ni./to.ri.ni./mo.do.tte.mo./i.i.de.su.ka.
我好像把護照忘在房間裡了。	部屋にパスポートを忘れてきたと思うのですが。	he.ya.ni./pa.su.po.o.to.o./wa.su.re.te./ki.ta.to./o.mo.u.no./de.su.ga.
有沒有在房間保險箱裡發現手錶？	どなたか室内金庫で時計を見つけなかったでしょうか？	do.na.ta.ka./shi.tsu.na.i.ki.n.ko.de./to.ke.i.o./mi.tsu.ke.na.ka.tta./de.sho.u.ka.
想請問有沒有人找到我的包包？	どなたか私のカバンを見つけなかったか、お伺いしたいのですが。	do.na.ta.ka./wa.ta.shi.no./ka.ba.n.o./mi.su.ke.na.ka.tta.ka./o.u.ka.ga.i./shi.ta.i.no./de.su.ga.

好的，確實收下了。/好的，為您保管。	はい、確（たし）かにお預（あず）かりしています。 ha.i./ta.shi.ka.ni./o.a.zu.ka.ri./shi.te./i.ma.su.
不好意思，沒有您說的東西。	申（もう）し訳（わけ）ありませんが、そういったものはありません。 mo.u.shi.wa.ke./a.ri.ma.se.n.ga./so.u.i.tta./mo.no.wa./a.ri.ma.se.n.
我會過去拿，再麻煩你了。	取（と）りに行（い）きますので、よろしくお願（ねが）いします。 to.ri.ni./i.ki.ma.su.no.de./yo.ro.shi.ku./o.ne.ga.i.shi.ma.su.
可以送到我家嗎？	自宅（じたく）に送（おく）っていただけますか？ ji.ta.ku.ni./o.ku.tte./i.ta.da.ke.ma.su.ka.
好的。貨到付款可以嗎？	かしこまりました。着払（ちゃくばら）いでも構（かま）いませんか？ ka.shi.ko.ma.ri.ma.shi.ta./cha.ku.ba.ra.i.de.mo./ka.ma.i.ma.se.n.ka.
那麼我會以電子郵件告知地址。	それではメールで住所（じゅうしょ）を連絡（れんらく）します so.re.de.wa./me.e.ru.de./ju.u.sho.o./re.n.ra.ku./shi.ma.su.

第 5 章 飲食

進入餐廳

MP3 31

店還開著嗎？	お店(みせ)は開(あ)いていますか？ o.mi.se.wa./a.i.te./i.ma.su.ka.
還在營業嗎？	まだやっていますか？ ma.da./ya.tte./i.ma.su.ka.
我沒有預約，有位子嗎？	予約(よやく)はしていないのですが、入(はい)れますか？ yo.ya.ku.wa./shi.te./i.na.i.no./de.su.ga./ha.i.re.ma.su.ka.
1個人也可以嗎？	1人(ひとり)でも大丈夫(だいじょうぶ)ですか？ hi.to.ri.de.mo./da.i.jo.u.bu./de.su.ka.
一共有10個人，有位子嗎？	全員(ぜんいん)で10人(じゅうにん)ですが席(せき)はありますか？ ze.n.i.n.de./ju.u.ni.n./de.su.ga./se.ki.wa./a.ri.ma.su.ka.
現在有3個人，等一下會再來1個人。	今(いま)は3人(さんにん)ですが、あとで1人(ひとり)来(き)ます。 i.ma.wa./sa.n.ni.n./de.su.ga./a.to.de./hi.to.ri./ki.ma.su.

有靠窗的位子嗎？	窓際(まどぎわ)の席(せき)は空(あ)いていますか？ ma.do.gi.wa.no./se.ki.wa./a.i.te./i.ma.su.ka.
有大一點的桌子嗎？	もう少(すこ)し広(ひろ)いテーブル席(せき)は空(あ)いていますか？ mo.u./su.ko.shi./hi.ro.i./te.e.bu.ru.se.ki.wa./a.i.te./i.ma.su.ka.
請給我包廂的位子。	個室(こしつ)の席(せき)をお願(ねが)いします。 ko.shi.tsu.no./se.ki.o./o.ne.ga.i.shi.ma.su.
坐吧台的位子好嗎？	カウンター席(せき)でもよろしいでしょうか？ ka.u.n.ta.a.se.ki.de.mo./yo.ro.shi.i.de.sho.u.ka.
不要日式的脫鞋座位要一般的位子。	座敷(ざしき)じゃなくテーブル席(せき)をお願(ねが)いします。 za.shi.ki./ja.na.ku./te.e.bu.ru.se.ki.o./o.ne.ga.i.shi.ma.su.
我要室外席。	テラス席(せき)がいいです。 te.ra.su.se.ki.ga./i.i.de.su.

要等多久？	どれくらい待(ま)ちますか？ do.re.ku.ra.i./ma.chi.ma.su.ka.
我要禁菸席 / 吸菸席。	禁煙(きんえん)／喫煙(きつえん)でお願(ねが)いします。 ki.n.e.n./ki.tsu.e.n.de./o.ne.ga.i.shi.ma.su.
可以換到那個位子嗎？	あの席(せき)に変(か)えてもらえませんか？ a.no.se.ki.ni./ka.e.te./mo.ra.e.ma.se.n.ka.
請給我們坐一起的位子。	隣同士(となりどうし)の席(せき)にしてください。 to.na.ri.do.u.shi.no./se.ki.ni./shi.te./ku.da.sa.i.
可以換位子嗎？	席(せき)を移(うつ)ってもいいですか？ se.ki.o./u.tsu.tte.mo./i.i.de.su.ka.
可以坐那桌空位嗎？	あの空(あ)いているテーブルに座(すわ)ってもいいですか？ a.no./a.i.te.i.ru./te.e.bu.ru.ni./su.wa.tte.mo./i.i.de.su.ka.

點餐

MP3 32

可以給我菜單嗎？	メニューをいただけますか？	me.nyu.u.o./i.ta.da.ke.ma.su.ka.
有附照片的菜單嗎？	写真付(しゃしんつ)きのメニューはありますか？	sha.shi.n.tsu.ki.no./me.nyu.u.wa./a.ri.ma.su.ka.
（點餐前）先請問要喝點什麼？	先(さき)にお飲(の)み物(もの)の注文(ちゅうもん)を伺(うかが)います。	sa.ki.ni./o.no.mi.mo.no.no./chu.u.mo.n.o./u.ka.ga.i.ma.su.
3 瓶啤酒。	ビール3(みっ)つください。	bi.i.ru./mi.ttsu./ku.da.sa.i.
不含酒精的飲料有哪些？	ソフトドリンクは何(なに)がありますか？	so.fu.to.do.ri.n.ku.wa./na.ni.ga./a.ri.ma.su.ka.
可以推薦哪種日本酒比較好嗎？	どの日本酒(にほんしゅ)がいいかおすすめいただけませんか？	do.no./ni.ho.n.shu.ga./i.i.ka./o.su.su.me./i.ta.da.ke.ma.se.n.ka.

看起來全都好吃很難選。	全部(ぜんぶ)おいしそうで迷(まよ)っちゃいます。 ze.n.bu./o.i.shi.so.u.de./ma.yo.ccha.i.ma.su.
可以再給我一些時間嗎？	もう少(すこ)し時間(じかん)をいただけますか？ mo.u./su.ko.shi./ji.ka.n.o./i.ta.da.ke.ma.su.ka.
不好意思，我要點餐。	すみません、注文(ちゅうもん)をお願(ねが)いします。 su.mi.ma.se.n./chu.u.mo.n.o./o.ne.ga.i.shi.ma.su.
有什麼推薦的？	オススメは何(なん)ですか？ o.su.su.me.wa./na.n.de.su.ka.
我要這個。	これにします。 ko.re.ni./shi.ma.su.
可以給我和那個一樣的嗎？	あれと同(おな)じものをもらえますか？ a.re.to./o.na.ji.mo.no.o./mo.ra.e.ma.su.ka.

有蔬食菜餚嗎？	ベジタリアン向(む)けの料理(りょうり)はありますか？ be.ji.ta.ri.a.n.mu.ke.no./ryo.u.ri.wa./a.ri.ma.su.ka.
份量可以少一點嗎？	量(りょう)を少(すく)なめにできますか？ ryo.u.o./su.ku.na.me.ni./de.ki.ma.su.ka.
可以不加蒜嗎？	にんにく抜(ぬ)きで作(つく)ってもらえますか？ ni.n.ni.ku.nu.ki.de./tsu.ku.tte./mo.ra.e.ma.su.ka.
可以不要加那麼辣嗎？	少(すこ)し辛(から)さを抑(おさ)えてもらえますか？ su.ko.shi./ka.ra.sa.o./o.sa.e.te./mo.ra.e.ma.su.ka.
我對蝦過敏。	エビアレルギーなんです。 e.bi.a.re.ru.gi.i./na.n.de.su.
請煮全熟。	中(なか)までしっかりと焼(や)いてください。 na.ka.ma.de./shi.kka.ri.to./ya.i.te./ku.da.sa.i.

用餐要求

MP3 33

什麼時候為您上飲料？	お飲み物はいつお持ちしましょうか？ o.no.mi.mo.no.wa./i.tsu./o.mo.chi./shi.ma.sho.u.ka.
飲料和餐點一起上。	飲み物は食事と一緒にお願いします。 no.mi.mo.no.wa./sho.ku.ji.to./i.ssho.ni./o.ne.ga.i.shi.ma.su.
餐後再上飲料。	飲み物は食後にお願いします。 no.mi.mo.no.wa./sho.ku.go.ni./o.ne.ga.i.shi.ma.su.
可以給我杯水嗎？	お水をいただけますか？ o.mi.zu.o./i.ta.da.ke.ma.su.ka.
不小心把湯匙弄掉了。	スプーンを落としてしまいました。 su.pu.u.n.o./o.to.shi.te./shi.ma.i.ma.shi.ta.
可以給我雙新的筷子嗎？	新しいお箸をいただけますか？ a.ta.ra.shi.i./o.ha.shi.o./i.ta.da.ke.ma.su.ka.

請收走空盤。	空(あ)いたお皿(さら)を下(さ)げてください。	a.i.ta./o.sa.ra.o./sa.ge.te./ku.da.sa.i.
這是小菜。	お通(とお)しです。	o.to.o.shi.de.su.
這是敝店招待的。	こちらはお店(みせ)のサービスです。	ko.chi.ra.wa./o.mi.se.no./sa.a.bi.su./de.su.
可以再添一碗飯嗎？	ご飯(はん)のおかわりをいただけますか？	go.ha.n.no./o.ka.wa.ri.o./i.ta.da.ke.ma.su.ka.
給我 3 個小盤子。	取(と)り皿(ざら)を 3 枚(さんまい)ください。	to.ri.za.ra.o./sa.n.ma.i./ku.da.sa.i.
請給我濕毛巾 / 紙巾。	おしぼり／紙(かみ)ナプキンをください。	o.shi.bo.ri./ka.mi.na.pu.ki.n.o./ku.da.sa.i.

這是什麼食物？	この食べ物は何ですか？
	ko.no./ta.be.mo.no.wa./na.n.de.su.ka.
請告訴我吃法。	食べ方を教えてください。
	ta.be.ka.ta.o./o.shi.e.te./ku.da.sa.i.
請先上啤酒。	ビールを先に出してください。
	bi.i.ru.o./sa.ki.ni./da.shi.te./ku.da.sa.i.
請幫我拿胡椒。	こしょうを取ってください。
	ko.sho.u.o./to.tte./ku.da.sa.i.
淋醬請另外放。	ドレッシングは別にしてください。
	do.re.sshi.n.gu.wa./be.tsu.ni./shi.te./ku.da.sa.i.
美乃滋要多一點。	マヨネーズ多めでお願いします。
	ma.yo.ne.e.zu./o.o.me.de./o.ne.ga.i.shi.ma.su.

用餐糾紛

MP3 34

已經完全涼了，可以幫我熱一下嗎？	すっかり冷(さ)めてしまっているので、温(あたた)め直(なお)してもらえますか？ su.kka.ri./sa.me.te./shi.ma.tte./i.ru./no.de./a.ta.ta.me.na.o.shi.te./mo.ra.e.ma.su.ka.
可以更改訂單 / 點菜內容嗎？	注文(ちゅうもん)を変更(へんこう)してもいいですか？ chu.u.mo.n.o./he.n.ko.u.shi.te.mo./i.i.de.su.ka.
可以取消嗎？	注文(ちゅうもん)をキャンセルしてもいいですか？ chu.u.mo.n.o./kya.n.se.ru.shi.te.mo./i.i.de.su.ka.
我沒點這個。	これは頼(たの)んでいません。 ko.re.wa./ta.no.n.de./i.ma.se.n.
我點的菜還沒來。	注文(ちゅうもん)した料理(りょうり)がまだ来(き)ていないのですが。 chu.u.mo.n.shi.ta./ryo.u.ri.ga./ma.da./ki.te./i.na.i.no./de.su.ga.
這和我點的不一樣。	私(わたし)が注文(ちゅうもん)したものと違(ちが)います。 wa.ta.shi.ga./chu.u.mo.n.shi.ta./mo.no.to./chi.ga.i.ma.su.

可以再煮一下嗎？	もうちょっと調理(ちょうり)してもらえますか？ mo.u./cho.tto./cho.u.ri.shi.te./mo.ra.e.ma.su.ka.
肉沒熟，可以再煮一下嗎？	肉(にく)が生焼(なまや)けなので、もう少(すこ)し焼(や)いてもらえますか？ ni.ku.ga./na.ma.ya.ke./na.no.de./mo.u./su.ko.shi./ya.i.te./mo.ra.e.ma.su.ka.
這道菜可以再熱一下嗎？	これをもう少(すこ)し温(あたた)めてもらえませんか？ ko.re.o./mo.u./su.ko.shi./a.ta.ta.me.te./mo.ra.e.ma.se.n.ka.
裡面有頭髮。	これに髪(かみ)の毛(け)が入(はい)っています。 ko.re.ni./ka.mi.no.ke.ga./ha.i.tte./i.ma.su.
可以換嗎？	交換(こうかん)していただけませんか？ ko.u.ka.n.shi.te./i.ta.da.ke.ma.se.n.ka.
沒有筷子和湯匙。	お箸(はし)とスプーンがないのですが。 o.ha.shi.to./su.pu.u.n.ga./na.i.no./de.su.ga.

★單字急救包

熟度	焼き加減（やきかげん）	ya.ki.ka.ge.n.
冷的、涼的	冷たい（つめたい）	tsu.me.ta.i.
熱的	熱い（あつい）	a.tsu.i.
髒的	汚い（きたない）	ki.ta.na.i.
交換	交換する（こうかんする）	ko.u.ka.n.su.ru.
取消	キャンセル	kya.n.se.ru.
餐具	食器（しょっき）	sho.kki.
盤子	お皿（さら）	o.sa.ra.
碗	お茶碗（ちゃわん）	o.cha.wa.n.
分裝用的小盤	取り皿（とりざら）	to.ri.za.ra.
筷子	お箸（はし）	o.ha.shi.
湯匙	スプーン	su.pu.u.n.

用餐感想

MP3 35

覺得怎麼樣？	いかがですか？ i.ka.ga./de.su.ka.
每樣都好吃。	どれもおいしいです。 do.re.mo./o.i.shi.i./de.su.
(吃完後)很好吃。	おいしかったです。 o.i.shi.ka.tta./de.su.
目前吃過最好吃的。	今(いま)まで食(た)べた中(なか)で一番(いちばん)おいしいです。 i.ma.ma.de./ta.be.ta./na.ka.de./i.chi.ba.n./o.i.shi.i./de.su.
聞到很香的味道。	いい匂(にお)いがします。 i.i./ni.o.i.ga./shi.ma.su.
看起來很好吃！	おいしそう！ o.i.shi.so.u.

還不賴。	悪(わる)くなかったです。 wa.ru.ku.na.ka.tta./de.su.
雖然很酸，但很好吃。	酸(す)っぱいけど、おいしいです。 su.ppa.i./ke.do./o.i.shi.i./de.su.
覺得有點太甜了。	ちょっと甘(あま)すぎます。 cho.tto./a.ma.su.gi.ma.su.
不合口味。	口(くち)に合(あ)わないです。 ku.chi.ni./a.wa.na.i./de.su.
不喜歡青椒。	ピーマンが苦手(にがて)です。 pi.i.ma.n.ga./ni.ga.te./de.su.
味道很難以形容。	味(あじ)が微妙(びみょう)です。 a.ji.ga./bi.myo.u./de.su.

★單字急救包

硬 / 軟	かたい／やわらかい	ka.ta.i.
多汁的	ジューシー	ju.u.shi.i.
甜的	あまい	a.ma.i.
辣的	辛(から)い	ka.ra.i.
苦的	苦(にが)い	ni.ga.i.
鹹的	塩辛(しおから)い／しょっぱい	shi.o.ka.ra.i./sho.ppa.i.
酸的	酸(す)っぱい	su.ppa.i.
甘醇、醍醐味	コクのある	ko.ku.no./a.ru.
味道淡 / 味道濃	味(あじ)が薄(うす)い／濃(こ)い	a.ji.ga./u.su.i./ko.i.
爽脆、鬆脆	さくさく	sa.ku.sa.ku.
蓬鬆、鬆軟	ふわふわ	fu.wa.fu.wa.
黏呼呼	ネバネバ	ne.ba.ne.ba.

咖啡廳

MP3 36

我要中杯的咖啡拿鐵。	トールサイズのカフェラテをお願いします。	to.o.ru.sa.i.zu.no./ka.fe.ra.te.o./o.ne.ga.i.shi.ma.su.
可以外帶嗎？	テイクアウトできますか？	te.i.ku.a.u.to./de.ki.ma.su.ka.
飲料可以幫我裝在馬克杯嗎？	マグカップで飲み物をもらえますか？	ma.gu.ka.ppu.de./no.mi.mo.no.o./mo.ra.e.ma.su.ka.
我要內用但請用紙杯裝。	ここで飲みますが、紙コップでお願いします。	ko.ko.de./no.mi.ma.su.ga./ka.mi.ko.ppu.de./o.ne.ga.i.shi.ma.su.
可以用這個裝嗎？（使用環保杯、環保袋）	これに入れてもらえますか？	ko.re.ni./i.re.te./mo.ra.e.ma.su.ka.
可以續杯嗎？	お代わりをいただけますか？	o.ka.wa.ri.o./i.ta.da.ke.ma.su.ka.

要冰的還熱的？	ホットとアイスどちらにしますか？ ho.tto.to./a.i.su./do.chi.ra.ni./shi.ma.su.ka.
需要糖和奶精嗎？	砂糖（さとう）、ミルクはご利用（りよう）ですか？ sa.to.u./mi.ru.ku.wa./go.ri.yo.u./de.su.ka.
需要甜點嗎？	デザートはいかがですか？ de.za.a.to.wa./i.ka.ga./de.su.ka.
有什麼甜點嗎？	何（なに）かデザートはありますか？ na.ni.ka./de.za.a.to.wa./a.ri.ma.su.ka.
可以給我熱水嗎？	お湯（ゆ）をもらえますか？ o.yu.o./mo.ra.e.ma.su.ka.
水是自助式的請自取。	お水（みず）はセルフサービスでお願（ねが）いします。 o.mi.zu.wa./se.ru.fu.sa.a.bi.su.de./o.ne.ga.i.shi.ma.su.

有不含咖啡因的飲品嗎？	カフェイン抜きの飲み物はありますか？ ka.fe.i.n.nu.ki.no./no.mi.mo.no.wa./a.ri.ma.su.ka.
需要紙袋嗎？	紙袋が要りますか？ ka.mi.bu.ku.ro.ga./i.ri.ma.su.ka.
出了新口味，要試試看嗎？	新しい味が出たので、試してみますか？ a.ta.ra.shi.i./a.ji.ga./de.ta./no.de./ta.me.shi.te./mi.ma.su.ka.
不要加鮮奶油。	ホイップクリーム抜きでお願いします。 ho.i.ppu.ku.ri.i.mu.nu.ki.de./o.ne.ga.i.shi.ma.su.
請在那裡領取。	あちらでご注文の品を受け取ってください。 a.chi.ra.de./go.chu.u.mo.n.no./shi.na.o./u.ke.to.tte./ku.da.sa.i.
會幫您送到座位上。	お席までお持ちします。 o.se.ki.ma.de./o.mo.chi./shi.ma.su.

速食店

MP3 37

內用嗎？	店内（てんない）でお召（め）し上（あ）がりですか？ te.n.na.i.de./o.me.shi.a.ga.ri./de.su.ka.
我要內用。	ここで食（た）べます。 ko.ko.de./ta.be.ma.su.
我要外帶。	持（も）ち帰（かえ）りです。 mo.chi.ka.e.ri./de.su.
要不要加點薯條？	フライドポテトはご一緒（いっしょ）にいかがですか？ fu.ra.i.do.po.te.to.wa./go.i.ssho.ni./i.ka.ga./de.su.ka.
不，不用了。	いや、結構（けっこう）です。 i.ya./ke.kko.u./de.su.
套餐嗎？還是單點？	セットですか？それとも単品（たんぴん）ですか？ se.tto./de.su.ka./so.re.to.mo./ta.n.pi.n./de.su.ka.

有套餐嗎？	セットメニューありますか？	se.tto.me.nyu.u./a.ri.ma.su.ka.
請給我單球的巧克力冰淇淋。	シングルのチョコアイスください。	shi.n.gu.ru.no./cho.ko.a.i.su./ku.da.sa.i.
要紙杯裝還是甜筒裝？	カップですか？コーンですか？	ka.ppu./de.su.ka./ko.o.n./de.su.ka.
要加什麼配料？	トッピングはどうしますか？	to.ppi.n.gu.wa./do.u./shi.ma.su.ka.
請不要加黃芥末。	マスタードなしでお願(ねが)いします。	ma.su.ta.a.do./na.shi.de./o.ne.ga.i.shi.ma.su.
請給我番茄醬。	ケチャップください。	ke.cha.ppu./ku.da.sa.i.

多加一點番茄醬。	ケチャップは多(おお)めでお願(ねが)いします。 ke.cha.ppu.wa./o.o.me.de.o.ne.ga.i.shi.ma.su.
可以不加酸黃瓜嗎？	ピクルス抜(ぬ)きのをもらえますか？ pi.ku.ru.su.nu.ki.no.o./mo.ra.e.ma.su.ka.
飲料請從這裡選。	お飲(の)み物(もの)は、こちらからお選(えら)びください。 o.no.mi.mo.no.wa./ko.chi.ra./ka.ra./o.e.ra.bi./ku.da.sa.i.
要從哪裡選？	何(なに)から選(えら)べばいいですか？ na.ni./ka.ra./e.ra.be.ba./i.i./de.su.ka.
要去冰。	氷(こおり)抜(ぬ)きでください。 ko.o.ri.nu.ki.de./ku.da.sa.i.
我點的是不加黃芥末的漢堡（不是這個）。	マスタード抜(ぬ)きのバーガーを注文(ちゅうもん)したんですけど。 ma.su.ta.a.do.nu.ki.no./ba.a.ga.a.o./chu.u.mo.n.shi.ta.n./de.su.ke.do.

第 6 章 購物

找商品

MP3 38

哪裡能買到這個乳液？	このクリームはどこで買(か)えますか？ ko.no./ku.ri.i.mu.wa./do.ko.de./ka.e.ma.su.ka.
有賣太陽眼鏡嗎？	サングラスは売(う)っていますか？ sa.n.gu.ra.su.wa./u.tte./i.ma.su.ka.
來過敝店嗎？	当店(とうてん)にご来店(らいてん)されたことはありますか？ to.u.te.n.ni./go.ra.i.te.n./sa.re.ta./ko.to.wa./a.ri.ma.su.ka.
不是，是第一次。	いいえ、初(はじ)めてです。 i.i.e./ha.ji.me.te./de.su.
有什麼疑問請隨時告訴我。	何(なに)か気(き)になるものがありましたら、教(おし)えてください。 na.ni.ka./ki.ni./na.ru./mo.no.ga./a.ri.ma.shi.ta.ra./o.shi.e.te./ku.da.sa.i.
在找什麼嗎？	何(なに)かお探(さが)しですか？ na.ni.ka./o.sa.ga.shi./de.su.ka.

想找什麼，我可以幫忙嗎？	何か探すのをお手伝いしましょうか？ na.ni.ka./sa.ga.su.no.o./o.te.tsu.da.i./shi.ma.sho.u.ka.
只是看看。	見てるだけです。 mi.te.ru./da.ke./de.su.
我在找防蟲（蚊）噴霧。	虫除けスプレーを探しています。 mu.shi.yo.ke.su.pu.re.e.o./sa.ga.shi.te./i.ma.su.
遊戲軟體賣場在幾樓？	ゲームソフト売り場は何階ですか？ ge.e.mu.so.fu.to./u.ri.ba.wa./na.n.ka.i./de.su.ka.
您知道這商品放在哪嗎？	この商品はどこにあるかご存知ですか？ ko.no./sho.u.hi.n.wa./do.ko.ni./a.ru.ka./go.zo.n.ji./de.su.ka.
有這項商品嗎？	この商品はありますか？ ko.no./sho.u.hi.n.wa./a.ri.ma.su.ka.

可以告訴我哪裡有賣嗎？	どこに売(う)っているか教(おし)えてもらえますか？ do.ko.ni./u.tte./i.ru.ka./o.shi.e.te./mo.ra.e.ma.su.ka.
需要購物籃嗎？	買(か)い物(もの)かごを使(つか)いますか？ ka.i.mo.no.ka.go.o./tsu.ka.i.ma.su.ka.
哪個是推薦商品呢？	おすすめはどれですか？ o.su.su.me.wa./do.re./de.su.ka.
其他還有什麼推薦的嗎？	ほかにおすすめはありますか？ ho.ka.ni./o.su.su.me.wa./a.ri.ma.su.ka.
缺貨。	在庫切(ざいこぎ)れです。 za.i.ko.gi.re./de.su.
敝店沒有販售。	当店(とうてん)では取(と)り扱(あつか)っていません。 to.u.te.n.de.wa./to.ri.a.tsu.ka.tte./i.ma.se.n.

選商品

MP3 39

可以讓我看一下那樣商品嗎？	その商品(しょうひん)を見(み)せてもらえますか？	so.no./sho.u.hi.n.o./mi.se.te./mo.ra.e.ma.su.ka.
這個有其他顏色嗎？	こちらの色違(いろちが)いはありますか？	ko.chi.ra.no./i.ro.chi.ga.i.wa./a.ri.ma.su.ka.
可以給我看白色的嗎？	白(しろ)のを見(み)せてもらえますか？	shi.ro.no.o./mi.se.te./mo.ra.e.ma.su.ka.
這個有粉紅色的嗎？	これのピンクはありますか？	ko.re.no./pi.n.ku.wa./a.ri.ma.su.ka.
這商品還有其他顏色嗎？	この商品(しょうひん)で違(ちが)う色(いろ)はありますか？	ko.no./sho.u.hi.n.de./chi.ga.u./i.ro.wa./a.ri.ma.su.ka.
這個有小尺寸的嗎？	これのスモールサイズはありますか？	ko.re.no./su.mo.o.ru./sa.i.zu.wa./a.ri.ma.su.ka.

有幾個顏色呢？	色(いろ)は何種類(なんしゅるい)ありますか？ i.ro.wa./na.n.shu.ru.i./a.ri.ma.su.ka.
可以拿起來看嗎？	手(て)にとってもいいですか？ te.ni./to.tte.mo./i.i./de.su.ka.
有和這個類似的設計嗎？	これと似(に)たようなデザインはありますか？ ko.re.to./ni.ta.yo.u.na./de.za.i.n.wa./a.ri.ma.su.ka.
我在找相同的東西。	同(おな)じようなものを探(さが)しています。 o.na.ji.yo.u.na./mo.no.o./sa.ga.shi.te./i.ma.su.
可以給我看目錄嗎？	カタログを見(み)せてもらえますか？ ka.ta.ro.gu.o./mi.se.te./mo.ra.e.ma.su.ka.
這是新的嗎？	これは新品(しんぴん)ですか？ ko.re.wa./shi.n.pi.n./de.su.ka.

可以再看一下嗎？	もう少(すこ)し見(み)てもいいですか？ mo.u./su.ko.shi./mi.te.mo./i.i./de.su.ka.
我想再看一下。	もう少(すこ)し見(み)たいです。 mo.u./su.ko.shi./mi.ta.i./de.su.
我在看折扣區。	セールコーナーを見(み)ています。 se.e.ru./ko.o.na.a.o./mi.te./i.ma.su.
正煩惱要買哪個。	どれにしようか悩(なや)みます。 do.re.ni./shi.yo.u.ka./na.ya.mi.ma.su.
每個都很可愛。	どれもかわいいです。 do.re.mo./ka.wa.i.i./de.su.
再讓我考慮一下。	少(すこ)し考(かんが)えさせてください。 su.ko.shi./ka.n.ga.e.sa.se.te./ku.da.sa.i.

試用試穿

MP3 40

要不要試穿看看？	試着（しちゃく）してみますか？ shi.cha.ku.shi.te./mi.ma.su.ka.
可以試穿嗎？	試着（しちゃく）してもいいですか？ shi.cha.ku.shi.te.mo./i.i.de.su.ka.
可以試戴嗎？	つけてみてもいいですか？ tsu.ke.te./mi.te.mo./i.i.de.su.ka.
試衣間在哪裡？	試着室（しちゃくしつ）はどこですか？ shi.cha.ku.shi.tsu.wa./do.ko./de.su.ka.
這是什麼尺寸？	こちらは何（なに）サイズですか？ ko.chi.ra.wa./na.ni./sa.i.zu./de.su.ka.
有S尺寸嗎？	Sサイズはありますか？ e.su.sa.i.zu.wa./a.ri.ma.su.ka.

覺得怎麼樣？/怎麼了嗎？	どうでしたか？	do.u./de.shi.ta.ka.
感覺不太適合我。	私(わたし)にあまり似合(にあ)わないかも。	wa.ta.shi.ni./a.ma.ri./ni.a.wa.na.i./ka.mo.
有一點緊。	ちょっときついです。	cho.tto./ki.tsu.i./de.su.
太大。/太小。	大(おお)きすぎた。／小(ちい)さすぎた。	o.o.ki.su.gi.ta./chi.i.sa.su.gi.ta.
有點太長。/有點太短。	ちょっと長(なが)すぎた。／短(みじか)すぎた。	cho.tto./na.ga.su.gi.ta./mi.ji.ka.su.gi.ta.
尺寸不合。	サイズが合(あ)いませんでした。	sa.i.zu.ga./a.i.ma.se.n.de.shi.ta.

不知道日本規格是什麼尺寸。	日本(にほん)でのサイズがわからないのです。 ni.ho.n.de.no./sa.i.zu.ga./wa.ka.ra.na.i.no./de.su.
有適合我的尺寸嗎？	私(わたし)に合(あ)うサイズはありますか？ wa.ta.shi.ni./a.u./sa.i.zu.wa./a.ri.ma.su.ka.
適合我嗎？	私(わたし)に似合(にあ)いますか？ wa.ta.shi.ni./ni.a.i.ma.su.ka.
可以幫我修改嗎？	お直(なお)しをしていただけますか？ o.na.o.shi.o./shi.te./i.ta.da.ke.ma.su.ka.
可以修改袖子嗎？	袖(そで)の調整(ちょうせい)はできますか？ so.de.no./cho.u.se.i.wa./de.ki.ma.su.ka.
可以改短嗎？	短(みじか)くできますか？ mi.ji.ka.ku./de.ki.ma.su.ka.

結帳

MP3 41

我要這個。	これにします。 ko.re.ni./shi.ma.su.
為您保留(管)在櫃臺。	お預(あず)かりします。 o.a.zu.ka.ri./shi.ma.su.
真棒。我很喜歡。	素敵(すてき)ですね。気(き)に入(い)りました。 su.te.ki./de.su.ne./ki.ni.i.ri.ma.shi.ta.
我要買這個。	これを買(か)います。 ko.re.o./ka.i.ma.su.
多少錢?	いくらですか? i.ku.ra./de.su.ka.
全部多少錢?	全部(ぜんぶ)でいくらですか? ze.n.bu.de./i.ku.ra./de.su.ka.

結帳櫃臺在哪裡？	レジはどこですか？ re.ji.wa./do.ko./de.su.ka.
有敝店的集點卡嗎？	当店（とうてん）のポイントカードはお持（も）ちですか？ to.u.te.n.no./po.i.n.to.ka.a.do.wa./o.mo.chi./de.su.ka.
要用哪種付款方式？	お支払（しはら）い方法（ほうほう）はいかがなさいますか？ o.shi.ha.ra.i./ho.u.ho.u.wa.i.ka.ga./na.sa.i.ma.su.ka.
要用信用卡 / 現金。	カード／現金（げんきん）でお願（ねが）いします。 ka.a.do./ge.n.ki.n.de./o.ne.ga.i.shi.ma.su.
可以使用電子支付嗎？	電子（でんし）マネーは使（つか）えますか？ de.n.shi.ma.ne.e.wa./tsu.ka.e.ma.su.ka.
需要收據嗎？	領収書（りょうしゅうしょ）はどうなさいますか？ ryo.u.shu.u.sho.wa./do.u./na.sa.i.ma.su.ka.

還是不要了。	やっぱりやめておきます。 ya.ppa.ri./ya.me.te./o.ki.ma.su.
已經超出預算。	もう予算(よさん)オーバーです。 mo.u./yo.sa.n.o.o.ba.a./de.su.
這次不打算購買。	今回(こんかい)は購入(こうにゅう)しないことにします。 ko.n.ka.i.wa./ko.u.nyu.u./shi.na.i./ko.to.ni./shi.ma.su.
如果沒打折就不買了。	値引(ねび)きがないならいりません。 ne.bi.ki.ga./na.i./na.ra./i.ri.ma.se.n.
我以為這是折扣商品。	セール商品(しょうひん)と勘違(かんちが)いしちゃいました。 se.e.ru./sho.u.hi.n.to./ka.n.chi.ga.i./shi.cha.i.ma.shi.ta.
這個不要了。	これやめます。 ko.re./ya.me.ma.su.

包裝

MP3 42

要裝到袋子裡嗎？	袋にお入れしますか？ fu.ku.ro.ni./o.i.re./shi.ma.su.ka.
不要塑膠袋。	レジ袋は要りません。 re.ji.bu.ku.ro.wa./i.ri.ma.se.n.
需要提袋嗎？	手提げ袋はご利用ですか？ te.sa.ge.bu.ku.ro.wa./go.ri.yo.u./de.su.ka.
直接拿就可以了（不必包了）。	そのままでいいです。 so.no.ma.ma.de./i.i./de.su.
需要在購物袋上套防雨塑膠袋嗎？	雨よけカバーをお付けしますか？ a.me.yo.ke.ka.ba.a.o./o.tsu.ke./shi.ma.su.ka.
可以用 2 層袋子嗎？	袋を二重にしてくれますか？ fu.ku.ro.o./ni.ju.u.ni./shi.te./ku.re.ma.su.ka.

請包嚴實一點免得撞壞。	壊(こわ)れないようにしっかり包(つつ)んでいただけますか？ ko.wa.re.na.i./yo.u.ni./shi.kka.ri./tsu.tsu.n.de./i.ta.da.ke.ma.su.ka.
請幫我包好免得摔破。	これを割(わ)れないように包装(ほうそう)していただけますか？ ko.re.o./wa.re.na.i./yo.u.ni./ho.u.so.u.shi.te./i.ta.da.ke.ma.su.ka.
可以 1 個 1 個分開包裝嗎？	ひとつずつ包装(ほうそう)していただけますか？ hi.to.tsu./zu.tsu./ho.u.so.u.shi.te./i.ta.da.ke.ma.su.ka.
請放到這裡面。	ここに入(い)れてください。 ko.ko.ni./i.re.te./ku.da.sa.i.
(多個袋子裝成一包)請幫我放在一袋。	1(ひと)つにまとめて入(い)れてください。 hi.to.tsu.ni./ma.to.me.te./i.re.te./ku.da.sa.i.
要不要分成 2 袋裝？	分(わ)けて 2(ふた)つの袋(ふくろ)に入(い)れますか？ wa.ke.te./fu.ta.tsu.no./fu.ku.ro.ni./i.re.ma.su.ka.

明細（收據）要放到袋子裡嗎？	レシートは袋(ふくろ)に入(い)れますか？ re.shi.i.to.wa./fu.ku.ro.ni./i.re.ma.su.ka.
請用紙袋裝。	紙袋(かみぶくろ)に入(い)れてください。 ka.mi.bu.ku.ro.ni./i.re.te./ku.da.sa.i.
（不裝袋）貼上貼紙可以嗎？	シールでよろしいですか？ shi.i.ru.de./yo.ro.shi.i./de.su.ka.
可以用禮品包裝嗎？	プレゼント用(よう)に包(つつ)んでもらえますか？ pu.re.ze.n.to.yo.u.ni./tsu.tsu.n.de./mo.ra.e.ma.su.ka.
可以給我一些小袋子嗎？	小分(こわ)け袋(ぶくろ)をいただけますか？ ko.wa.ke.bu.ku.ro.o./i.ta.da.ke.ma.su.ka.
可以再給我１個袋子嗎？	もう１(ひと)つ袋(ふくろ)をもらえますか？ mo.u./hi.to.tsu./fu.ku.ro.o./mo.ra.e.ma.su.ka.

百貨公司、大型賣場

MP3 43

童裝賣場在哪裡？	子供服売り場はどこですか？ ko.do.mo.fu.ku./u.ri.ba.wa./do.ko./de.su.ka.
電梯在哪裡？	エレベーターはどこですか？ e.re.be.e.ta.a.wa./do.ko.de.su.ka.
電扶梯在哪裡？	エスカレーターはどこですか？ e.su.ka.re.e.ta.a.wa./do.ko./de.su.ka.
活動會場在幾樓？	催事場は何階ですか？ sa.i.ji.jo.u.wa./na.n.ka.i./de.su.ka.
北海道特產展從什麼時候開始？	北海道物産展はいつからですか？ ho.kka.i.do.u.bu.ssa.n.te.n.wa./i.tsu.ka.ra./de.su.ka.
現在正是日本的(百貨)折扣時期。	今、日本ではバーゲンセールの時期です。 i.ma./ni.ho.n.de.wa./ba.a.ge.n.se.e.ru.no./ji.ki.de.su.

要在哪裡辦理退稅？	免税手続きはどこですればよいですか？ me.n.ze.i.te.tsu.zu.ki.wa./do.ko.de./su.re.ba./yo.i.de.su.ka.
能免稅嗎？	免税できますか？ me.n.ze.i./de.ki.ma.su.ka.
可以用美金付款嗎？	ドルで払えますか？ do.ru.de./ha.ra.e.ma.su.ka.
咖啡廳在哪一樓？	カフェは何階にありますか？ ka.fe.wa./na.n.ka.i.ni./a.ri.ma.su.ka.
有美食餐廳的樓層嗎？	レストラン街はありますか？ re.su.to.ra.n.ga.i.wa./a.ri.ma.su.ka.
有沒有可以坐下來的地方？	どこか座れるところはありますか？ do.ko.ka./su.wa.re.ru./to.ko.ro.wa./a.ri.ma.su.ka.

想去地下美食賣場看看。	デパ地下(ちか)に行(い)ってみたいです。 de.pa.chi.ka.ni./i.tte./mi.ta.i.de.su.
有沒有內用區？	イートインコーナーはありますか？ i.i.to.i.n.ko.o.na.a.wa./a.ri.ma.su.ka.
可以給我樓層簡介嗎？	フロアガイドをもらえますか？ fu.ro.a.ga.i.do.o./mo.ra.e.ma.su.ka.
我們去頂樓的庭院看看吧。	屋上庭園(おくじょうていえん)に行(い)ってみましょう。 o.ku.jo.u.te.i.e.n.ni./i.tte./mi.ma.sho.u.
這個月有什麼活動呢？	今月(こんげつ)、どんなイベントがありますか？ ko.n.ge.tsu./do.n.na./i.be.n.to.ga./a.ri.ma.su.ka.
消費滿 5000 日圓，可抵 1 小時停車免費。	5千円(ごせんえん)のお買(か)い上(あ)げで、駐車料金(ちゅうしゃりょうきん)が1(いち)時間無料(じかんむりょう)になります。 go.se.n.e.n.no./o.ka.i.a.ge.de./chu.u.sha.ryo.u.ki.n.ga./i.chi.ji.ka.n./mu.ryo.u.ni./na.ri.ma.su.

名產店

MP3 44

去哪裡可以買到伴手禮呢？	お土産（みやげ）を買（か）える店（みせ）はありますか？ o.mi.ya.ge.o./ka.e.ru./mi.se.wa./a.ri.ma.su.ka.
哪個賣得最好呢？	どれが一番（いちばん）売（う）れていますか？ do.re.ga./i.chi.ba.n./u.re.te./i.ma.su.ka.
這附近買得到東京的伴手禮嗎？	この周辺（しゅうへん）で東京（とうきょう）のお土産（みやげ）は買（か）えますか？ ko.no./shu.u.he.n.de./to.u.kyo.u.no./o.mi.ya.ge.wa./ka.e.ma.su.ka.
這裡具代表性的伴手禮是什麼？	ここの代表的（だいひょうてき）なお土産（みやげ）は何（なん）ですか？ ko.ko.no./da.i.hyo.u.te.ki.na./o.mi.ya.ge.wa./na.n.de.su.ka.
能試吃嗎？	試食（ししょく）できますか？ shi.sho.ku./de.ki.ma.su.ka.
有沒有會說英語的工作人員？	英語（えいご）の話（はな）せるスタッフはいらっしゃいますか？ e.i.go.no./ha.na.se.ru./su.ta.ffu.wa./i.ra.ssha.i.ma.su.ka.

有什麼推薦的伴手禮？	おすすめのお土産は何でしょうか？
	o.su.su.me.no./o.mi.ya.ge.wa./na.n.de.sho.u.ka.
想買方便分送的伴手禮。	ばらまき用のお土産を買いたいです。
	ba.ra.ma.ki.yo.u.no./o.mi.ya.ge.o./ka.i.ta.i.de.su.
有必買的伴手禮嗎？	定番のお土産はありますか？
	te.i.ba.n.no./o.mi.ya.ge.wa./a.ri.ma.su.ka.
可以告訴我便宜又好的名產店嗎？	手頃ないいお土産屋さんを教えてもらえますか？
	te.go.ro.na./i.i./o.mi.ya.ge.sa.n.o./o.shi.e.te./mo.ra.e.ma.su.ka.
這在哪裡買得到呢？	これはどこで売っていますか？
	ko.re.wa./do.ko.de./u.tte./i.ma.su.ka.
銀髮族喜歡的伴手禮是什麼？	お年寄りに人気のお土産は何ですか？
	o.to.shi.yo.ri.ni./ni.n.ki.no./o.mi.ya.ge.wa./na.n.de.su.ka.

可以給我送伴手禮用的袋子嗎？	お土産用の袋をもらえますか？ o.mi.ya.ge.yo.u.no./fu.ku.ro.o./mo.ra.e.ma.su.ka.
可以幫我包裝嗎？	ラッピングしてもらえますか？ ra.ppi.n.gu./shi.te./mo.ra.e.ma.su.ka.
可以寄到旅館嗎？	ホテルに郵送できますか？ ho.te.ru.ni./yu.u.so.u./de.ki.ma.su.ka.
我正在找送同事的伴手禮。	同僚へのお土産を探しています。 do.u.ryo.u.e.no./o.mi.ya.ge.o./sa.ga.shi.te./i.ma.su.
有沒有這裡才買得到的東西？	ここでしか買えないものはありますか？ ko.ko.de.shi.ka./ka.e.na.i./mo.no.wa./a.ri.ma.su.ka.
買了鑰匙圈來當伴手禮。	お土産としてキーホルダーを買いました。 o.mi.ya.ge./to.shi.te./ki.i.ho.ru.da.a.o./ka.i.ma.shi.ta.

家電量販店

MP3 45

相機在幾樓？	カメラは何階（なんかい）ですか？ ka.me.ra.wa./na.n.ka.i./de.su.ka.
這個商品還有庫存嗎？	こちらの商品（しょうひん）は在庫（ざいこ）はありますか？ ko.chi.ra.no./sho.u.hi.n.wa./za.i.ko.wa./a.ri.ma.su.ka.
我想要新機型。	新（あたら）しい機種（きしゅ）がほしいんですが。 a.ta.ra.shi.i./ki.shu.ga./ho.shi.i.n./de.su.ga.
最新的型號是哪一個？	一番新（いちばんあたら）しいモデルはどれですか？ i.chi.ba.n./a.ta.ra.shi.i./mo.de.ru.wa./do.re./de.su.ka.
上個月才剛發售。	先月発売（せんげつはつばい）されたばかりです。 se.n.ge.tsu./ha.tsu.ba.i.sa.re.ta./ba.ka.ri.de.su.
有沒有賣手機充用線？	スマホの充電（じゅうでん）ケーブルは売（う）っていますか？ su.ma.ho.no./ju.u.de.n.ke.e.bu.ru.wa./u.tte./i.ma.su.ka.

這機器在國外也能買到嗎？	この機械は海外で買えますか？ ko.no./ki.ka.i.wa./ka.i.ga.i.de./ka.e.ma.su.ka.
有保證書嗎？	保証書はついていますか？ ho.sho.u.sho.wa./tsu.i.te./i.ma.su.ka.
在國外也能保固嗎？	海外でも保証は効きますか？ ka.i.ga.i.de.mo./ho.sho.u.wa./ki.ki.ma.su.ka.
有保固嗎？	保証は付きますか？ ho.sho.u.wa./tsu.ki.ma.su.ka.
有庫存嗎？	在庫ありますか？ za.i.ko./a.ri.ma.su.ka.
我查一下，請稍等。	調べますので少々お待ちください。 shi.ra.be.ma.su.no.de./sho.u.sho.u./o.ma.chi./ku.da.sa.i.

中文	日語
想要什麼樣的功能呢？	どのような機能（きのう）をお求（もと）めですか？ do.no./yo.u.na./ki.no.u.o./o.mo.to.me./de.su.ka.
想找什麼樣的電子鍋呢？	どのような炊飯器（すいはんき）をお探（さが）しですか？ do.no.yo.u.na./su.i.ha.n.ki.o./o.sa.ga.shi./de.su.ka.
使用前請先確認電壓。	使用前（しようぜん）に電圧（でんあつ）をチェックしてください。 shi.yo.u.ze.n.ni./de.n.a.tsu.o./che.kku.shi.te./ku.da.sa.i.
請參考英文說明書。	英語（えいご）の説明書（せつめいしょ）をご参照（さんしょう）ください。 e.i.go.no./se.tsu.me.i.sho.o./go.sa.n.sho.u./ku.da.sa.i.
這項商品已經停止生產了。	こちらの商品（しょうひん）は製造中止（せいぞうちゅうし）となりました。 ko.chi.ra.no./sho.u.hi.n.wa./se.i.zo.u.chu.u.shi.to./na.ri.ma.shi.ta.
關於故障的問題請詢問原廠商。	故障（こしょう）についてはメーカーにお問（と）い合（あ）わせください。 ko.sho.u.ni./tsu.i.te.wa./me.e.ka.a.ni./o.to.i.a.wa.se./ku.da.sa.i.

珠寶名牌店

MP3 46

想去珠寶店買項鍊。	ネックレスを買(か)いにジュエリーショップに行(い)きたいです。 ne.kku.re.su.o./ka.i.ni./ju.e.ri.i.sho.ppu.ni./i.ki.ta.i.de.su.
想找鑲鑽的手鍊。	ダイヤモンドの入(はい)ったブレスレットを探(さが)していますが。 da.i.ya.mo.n.do.no./ha.i.tta./bu.re.su.re.tto.o./sa.ga.shi.te./i.ma.su.ga.
要試戴嗎？	身(み)につけてみますか？ mi.ni./tsu.ke.te./mi.ma.su.ka.
您戴銀質耳環嗎？	シルバーのピアスをつけられますか？ shi.ru.ba.a.no./pi.a.su.o./tsu.ke.ra.re.ma.su.ka.
不，我對金屬過敏。	いいえ、金属(きんぞく)アレルギーなんです。 i.i.e./ki.n.zo.ku.a.re.ru.gi.i./na.n./de.su.
有沒有同樣款式但鑲鑽的？	同(おな)じモデルで、ダイヤモンド付(つ)きのものはありますか？ o.na.ji./mo.de.ru.de./da.i.ya.mo.n.do./tsu.ki.no./mo.no.wa./a.ri.ma.su.ka.

喜歡什麼樣的戒指？	どのような指輪(ゆびわ)がお好(この)みですか？ do.no./yo.u.na./yu.bi.wa.ga./o.ko.no.mi./de.su.ka.
有和這耳環成對的項鍊嗎？	このイヤリングとおそろいのネックレスはありますか？ ko.no./i.ya.ri.n.gu.to./o.so.ro.i.no./ne.kku.re.su.wa./a.ri.ma.su.ka.
可以調整尺寸嗎？	サイズを調整(ちょうせい)することができますか？ sa.i.zu.o./cho.u.se.i.su.ru./ko.to.ga./de.ki.ma.su.ka.
想買名牌的話，去哪比較好？	ブランド物(もの)を買(か)うならどこがいいですか？ bu.ra.n.do.mo.no.o./ka.u./na.ra./do.ko.ga./i.i./de.su.ka.
有二手店嗎？	リサイクルショップはありますか？ ri.sa.i.ku.ru.sho.ppu.wa./a.ri.ma.su.ka.
去哪買得到二手名品呢？	中古(ちゅうこ)ブランド品(ひん)はどこで買(か)えますか？ chu.u.ko.bu.ra.n.do.hi.n.wa./do.ko.de./ka.e.ma.su.ka.

★單字急救包

日本限定發售	日本限定（にほんげんてい）	ni.ho.n.ge.n.te.i.
素色的	模様（もよう）なし	mo.yo.u.na.shi.
項鍊	ネックレス	ne.kku.re.su.
墜飾	ペンダント	pe.n.da.n.to.
足鍊	アンクレット	a.n.ku.re.tto.
手鍊	ブレスレット	bu.re.su.re.tto.
胸針	ブローチ／ピン	bu.ro.o.chi./pi.n.
黃金	ゴールド	go.o.ru.do.
白金	プラチナ	pu.ra.chi.na.
高級品牌	高級（こうきゅう）ブランド	ko.u.kyu.u.bu.ra.n.do.
名品	ブランド品（ひん）	bu.ra.n.do.hi.n.
精品店	ブティック	bu.ti.kku.

書店

MP3 47

雜誌區在哪裡？	雑誌(ざっし)コーナーはどこですか？ za.sshi.ko.o.na.a.wa./do.ko.de.su.ka.
我帶您到那個區域。	そのコーナーまで案内(あんない)いたします。 so.no./ko.o.na.a./ma.de./a.n.na.i./i.ta.shi.ma.su.
我們沒有販賣歐美書籍。	洋書(ようしょ)は取(と)り扱(あつか)っておりません。 yo.u.sho.wa./to.ri.a.tsu.ka.tte./o.ri.ma.se.n.
請勿長時間在店內閱讀書籍。	長時間(ちょうじかん)の立(た)ち読(よ)みはご遠慮(えんりょ)ください。 cho.u.ji.ka.n.no./ta.chi.yo.mi.wa./go.e.n.ryo./ku.da.sa.i.
商品不寄送海外。	海外(かいがい)への発送(はっそう)は当店(とうてん)では承(うけたまわ)っておりません。 ka.i.ga.i.e.no./ha.sso.u.wa./to.u.te.n.de.wa./u.ke.ta.ma.wa.tte./o.ri.ma.se.n.
書籍售出後恕不接受退換。	本(ほん)の返品(へんぴん)や交換(こうかん)は承(うけたまわ)っておりません。 ho.n.no./he.n.pi.n.ya./ko.u.ka.n.wa./u.ke.ta.ma.wa.tte./o.ri.ma.se.n.

喜歡什麼類型的（書）呢？	どんなジャンルが好(す)きですか？ do.n.na./ja.n.ru.ga./su.ki./de.su.ka.
這本缺了附錄（贈品）。	付録(ふろく)がついてないんですが。 fu.ro.ku.ga./tsu.i.te./na.i.n./de.su.ga.
可以看內容嗎？	中身(なかみ)を読(よ)むことができますか？ na.ka.mi.o./yo.mu.ko.to.ga./de.ki.ma.su.ka.
可以調貨嗎？	お取(と)り寄(よ)せできますか？ o.to.ri.yo.se./de.ki.ma.su.ka.
調貨需要幾天呢？	取(と)り寄(よ)せだとどれくらい日数(にっすう)がかかりますか？ to.ri.yo.se.da.to./do.re.ku.ra.i./ni.ssu.u.ga./ka.ka.ri.ma.su.ka.
可以事前預訂。	事前注文(じぜんちゅうもん)することができます。 ji.ze.n.chu.u.mo.n./su.ru./ko.to.ga./de.ki.ma.su.

這是最後一本。	これが最後(さいご)の１冊(いっさつ)です。 ko.re.ga./sa.i.go.no./i.ssa.tsu./de.su.
發售日是什麼時候？	発売日(はつばいび)はいつですか？ ha.tsu.ba.i.bi.wa./i.tsu./de.su.ka.
我在找這本書。	この本(ほん)を探(さが)してるんですが。 ko.no.ho.n.o./sa.ga.shi.te.ru.n./de.su.ga.
這套漫畫有第3集嗎？	この漫画(まんが)の３巻(さんかん)はありますか？ ko.no./ma.n.ga.no./sa.n.ka.n.wa./a.ri.ma.su.ka.
知道作者姓名嗎？	著者名(ちょしゃめい)は分(わ)かりますか？ cho.sha.me.i.wa./wa.ka.ri.ma.su.ka.
查詢書籍的電腦在哪裡？	本(ほん)の検索用(けんさくよう)のパソコンはどこですか？ ho.n.no./ke.n.sa.ku.yo.u.no./pa.so.ko.n.wa./do.ko.de.su.ka.

藥妝店

MP3 48

有退燒藥嗎？	解熱剤(げねつざい)はありますか？ ge.ne.tsu.za.i.wa./a.ri.ma.su.ka.
有治療頭痛的藥嗎？	頭痛(ずつう)に効(き)く薬(くすり)はありますか？ zu.tsu.u.ni./ki.ku./ku.su.ri.wa./a.ri.ma.su.ka.
有止吐藥嗎？	吐(は)き気(け)を止(と)める薬(くすり)はありますか？ ha.ki.ke.o./to.me.ru./ku.su.ri.wa./a.ri.ma.su.ka.
有止癢的藥膏嗎？	かゆみ止(ど)めの塗(ぬ)り薬(ぐすり)はありますか？ ka.yu.mi.do.me.no./nu.ri.gu.su.ri.wa./a.ri.ma.su.ka.
我在找防蟲（蚊）噴霧。	虫除(むしよ)けスプレーを探(さが)しています。 mu.shi.yo.ke.su.pu.re.e.o./sa.ga.shi.te./i.ma.su.
有 OK 繃嗎？	絆創膏(ばんそうこう)はありますか？ ba.n.so.u.ko.u.wa./a.ri.ma.su.ka.

對不起，庫存只有這些。	すみませんが、在庫(ざいこ)はこれだけです。	su.mi.ma.se.n.ga./za.i.ko.wa./ko.re.da.ke.de.su.
痠痛貼布在哪一區？	湿布(しっぷ)はどのコーナーにおいてありますか？	shi.ppu.wa./do.no./ko.o.na.a.ni./o.i.te./a.ri.ma.su.ka.
請詳讀注意事項。	注意書(ちゅういが)きをよく読(よ)んでください。	chu.u.i.ga.ki.o./yo.ku./yo.n.de./ku.da.sa.i.
小孩也能服用嗎？	子供(こども)も飲(の)めますか？	ko.do.mo.mo./no.me.ma.su.ka.
可以合著一起吃嗎？	飲(の)み合(あ)わせは大丈夫(だいじょうぶ)ですか？	no.mi.a.wa.se.wa./da.i.jo.u.bu./de.su.ka.
買這個藥需要處方箋。	この薬(くすり)には処方箋(しょほうせん)が必要(ひつよう)です。	ko.no./ku.su.ri.ni.wa./sho.ho.u.se.n.ga./hi.tsu.yo.u.de.su.

哪裡買得到開架式平價化妝品？	プチプラの化粧品(けしょうひん)はどこで買(か)えますか？ pu.chi.pu.ra.no./ke.sho.u.hi.n.wa./do.ko.de./ka.e.ma.su.ka.
有沒有試用包？	お試(ため)しセットはありますか？ o.ta.me.shi.se.tto.wa./a.ri.ma.su.ka.
有沐浴乳旅行組嗎？	ボディソープの旅行用(りょこうよう)セットはありますか？ bo.di.so.o.pu.no./ryo.ko.u.yo.u.se.tto.wa./a.ri.ma.su.ka.
生活用品在幾樓？	生活用品(せいかつようひん)は何階(なんかい)ですか？ se.i.ka.tsu.yo.u.hi.n.wa./na.n.ka.i./de.su.ka.
可以用這個折價券嗎？	このクーポンは使(つか)えますか？ ko.no./ku.u.po.n.wa./tsu.ka.e.ma.su.ka.
哪個染髮劑比較好？	ヘアカラーはどれがいいですか？ he.a.ka.ra.a.wa./do.re.ga./i.i.de.su.ka.

退稅及收據

MP3 49

可以免稅嗎？	免税(めんぜい)はできますか？ me.n.ze.i.wa./de.ki.ma.su.ka.
請到專用櫃臺排隊。	専用(せんよう)カウンターに並(なら)んでください。 se.n.yo.u.ka.u.n.ta.a.ni./na.ra.n.de./ku.da.sa.i.
不能免稅。	免税(めんぜい)はできません。 me.n.ze.i.wa./de.ki.ma.se.n.
請讓我影印護照。	パスポートの写(うつ)しを取(と)らせていただきます。 pa.su.po.o.to.no./u.tsu.shi.o./to.ra.se.te./i.ta.da.ki.ma.su.
出境前請勿拆開。	出国(しゅっこく)するまで開封(かいふう)しないでください。 shu.kko.ku.su.ru./ma.de./ka.i.fu.u.shi.na.i.de./ku.da.sa.i.
請不要把記錄表單撕下來。	記録票(きろくひょう)を剥(は)がさないでください。 ki.ro.ku.hyo.u.o./ha.ga.sa.na.i.de./ku.da.sa.i.

請讓我看信用卡付款收據。	クレジットカードのレシートを見せてください。	ku.re.ji.tto.ka.a.do.no./re.shi.i.to.o./mi.se.te./ku.da.sa.i.
這是免稅品嗎？	これは免税品ですか？	ko.re.wa./me.n.ze.i.hi.n./de.su.ka.
這可以免稅購入嗎？	これは免税で買えますか？	ko.re.wa./me.n.ze.i.de./ka.e.ma.su.ka.
買滿多少錢可以免稅？	何円以上買えば免税になりますか？	na.n.e.n.i.jo.u./ka.e.ba./me.n.ze.i.ni./na.ri.ma.su.ka.
再 1000 日圓就可以免稅。	あと 1000 円あれば免税になります。	a.to./se.n.e.n./a.re.ba./me.n.ze.i.ni./na.ri.ma.su.
可以省去消費稅，免稅購入嗎？	消費税分を免税で購入できます。	sho.u.hi.ze.i.bu.n.o./me.n.ze.i.de./ko.u.nyu.u.de.ki.ma.su.

請給我收據。	領収書(りょうしゅうしょ)ください。 ryo.u.shu.u.sho./ku.da.sa.i.
收據抬頭要填什麼呢？	宛名(あてな)はいかがいたしますか？ a.te.na.wa./i.ka.ga./i.ta.shi.ma.su.ka.
收據抬頭請幫我寫李。	宛名(あてな)をリーとして作成(さくせい)していただけますか？ a.te.na.o./ri.i.to.shi.te./sa.ku.se.i.shi.te./i.ta.da.ke.ma.su.ka.
不要填抬頭。	宛名(あてな)なしでお願(ねが)いします。 a.te.na.na.shi.de./o.ne.ga.i./shi.ma.su.
請不要填日期。	日付(ひづけ)なしでお願(ねが)いします。 hi.zu.ke.na.shi.de./o.ne.ga.i./shi.ma.su.
可以開收據給我嗎？	領収書(りょうしゅうしょ)を発行(はっこう)していただけますか？ ryo.u.shu.u.sho.o./ha.kko.u.shi.te./i.ta.da.ke.ma.su.ka.

第6章

第 7 章 觀光景點

遊客中心

MP3 50

旅遊服務中心（觀光介紹中心）在哪裡？	観光案内所（かんこうあんないじょ）はどこですか？ ka.n.ko.u.a.n.na.i.jo.wa./do.ko./de.su.ka.
有英文的導覽書籍嗎？	英語（えいご）のガイドブックはありますか？ e.i.go.no./ga.i.do.bu.kku.wa./a.ri.ma.su.ka.
可以給我簡介嗎？	パンフレットをいただけますか？ pa.n.fu.re.tto.o./i.ta.da.ke.ma.su.ka.
有街道觀光簡介嗎？	街（まち）の観光案内（かんこうあんない）はありますか？ ma.chi.no./ka.n.ko.u.a.n.na.i.wa./a.ri.ma.su.ka.
請介紹從車站就走得到的觀光景點。	駅（えき）から歩（ある）いていける観光地（かんこうち）を教（おし）えてください。 e.ki.ka.ra./a.ru.i.te./i.ke.ru./ka.n.ko.u.chi.o./o.shi.e.te./ku.da.sa.i.
有推薦的景點嗎？	おすすめのスポットはありますか？ o.su.su.me.no./su.po.tto.wa./a.ri.ma.su.ka.

離這裡最近的觀光景點是哪裡？	ここから一番近い観光スポットはどこですか？ ko.ko.ka.ra./i.chi.ba.n./chi.ka.i./ka.n.ko.u.su.po.tto.wa./do.ko.de.su.ka.
哪裡可以吃到好吃的呢？	おいしいものを食べられるところはありますか？ o.i.shi.i.mo.no.o./ta.be.ra.re.ru./to.ko.ro.wa./a.ri.ma.su.ka.
我想預約語音導覽。	音声ガイドを予約したいです。 o.n.se.i.ga.i.do.o./yo.ya.ku./shi.ta.i.de.su.
我想預約導遊。	観光ガイドを予約したいです。 ka.n.ko.u.ga.i.do.o./yo.ya.ku./shi.ta.i.de.su.
想要找能說英文的導遊。	英語の話せるガイドをお願いしたいです。 e.i.go.no./ha.na.se.ru./ga.i.do.o./o.ne.ga.i./shi.ta.i.de.su.
在哪裡辦理預約？	どこで予約できますか？ do.ko.de./yo.ya.ku./de.ki.ma.su.ka.

最近的觀光景點是哪裡？

一番近い観光スポットはどこですか？

i.chi.ba.n./chi.ka.i./ka.n.ko.u.su.po.tto.wa./do.ko./de.su.ka.

有推薦的（觀光）路線嗎？

おすすめのコースはありますか？

o.su.su.me.no./ko.o.su.wa./a.ri.ma.su.ka.

最受歡迎的景點是哪裡？

一番人気のスポットはどこですか？

i.chi.ba.n./ni.n.ki.no./su.po.tto.wa./do.ko.de.su.ka.

可以告訴我怎麼去嗎？

行き方を教えていただけませんか？

i.ki.ka.ta.o./o.shi.e.te./i.ta.da.ke.ma.se.n.ka.

要怎麼去那裡？

そこへはどうやって行けばいいですか？

so.ko.e.wa./do.u.ya.tte./i.ke.ba./i.i.de.su.ka.

半天可以看（走）完嗎？

半日で見て回れますか？

ha.n.ni.chi.de./mi.te./ma.wa.re.ma.su.ka.

當地旅遊行程

MP3 51

有半日遊嗎？	半日（はんにち）ツアーはありますか？ ha.n.ni.chi.tsu.a.a.wa./a.ri.ma.su.ka.
我想報名河口湖的旅遊行程。	河口湖（かわぐちこ）へのツアーに参加（さんか）したいのですが。 ka.wa.gu.chi.ko.e.no./tsu.a.a.ni./sa.n.ka./shi.ta.i.no./de.su.ga.
有沒有一日遊的簡介？	日帰（ひがえ）りツアーのパンフレットはありますか？ hi.ga.e.ri./tsu.a.a.no./pa.n.fu.re.tto.wa./a.ri.ma.su.ka.
有沒有推薦的溫泉行程。	おすすめの温泉（おんせん）ツアーはありますか？ o.su.su.me.no./o.n.se.n.tsu.a.a.wa./a.ri.ma.su.ka.
我預約了巴士觀光。	バスツアーを予約（よやく）しています。 ba.su.tsu.a.a.o./yo.ya.ku./shi.te./i.ma.su.
哪個行程可以遊覽著名景點？	名所巡（めいしょめぐ）りのツアーはどれですか？ me.i.sho.me.gu.ri.no./tsu.a.a.wa./do.re./de.su.ka.

我想預約這個旅遊行程。

このツアーを予約(よやく)したいのですが。

ko.no./tsu.a.a.o./yo.ya.ku./shi.ta.i.no./de.su.ga.

這個行程包含了哪些東西？

このツアーには何(なに)が含(ふく)まれていますか？

ko.no./tsu.a.a.ni.wa./na.ni.ga./fu.ku.ma.re.te./i.ma.su.ka.

這個行程的特色是什麼？

このツアーの目玉(めだま)はなんですか？

ko.no./tsu.a.a.no./me.da.ma.wa./na.n.de.su.ka.

全部需要多少錢？

全部(ぜんぶ)でいくらかかりますか？

ze.n.bu.de./i.ku.ra./ka.ka.ri.ma.su.ka.

這個費用包含了哪些項目？

この料金(りょうきん)に何(なに)が含(ふく)まれますか？

ko.no./ryo.u.ki.n.ni./na.ni.ga./fu.ku.ma.re.ma.su.ka.

包含餐點嗎？

食事込(しょくじこ)みですか？

sho.ku.ji.ko.mi./de.su.ka.

1個人也能參加嗎？	1人(ひとり)でも参加(さんか)できますか？ hi.to.ri.de.mo./sa.n.ka./de.ki.ma.su.ka.
有導遊嗎？	ガイド付(つ)きですか？ ga.i.do.tsu.ki./de.su.ka.
幾點在哪裡集合？	どこに何時(なんじ)に集合(しゅうごう)ですか？ do.ko.ni./na.n.ji.ni./shu.u.go.u./de.su.ka.
從哪裡出發呢？	どこから出発(しゅっぱつ)ですか？ do.ko.ka.ra./shu.ppa.tsu./de.su.ka.
可以到旅館來接我嗎？	ホテルに迎(むか)えに来(き)てもらえますか？ ho.te.ru.ni./mu.ka.e.ni./ki.te./mo.ra.e.ma.su.ka.
可以把行李放在車上嗎？	車内(しゃない)に荷物(にもつ)を置(お)いたままにしていいですか？ sha.na.i.ni./ni.mo.tsu.o./o.i.ta.ma.ma.ni./shi.te./i.i.de.su.ka.

美術館、博物館

MP3 52

入場券要多少錢？

入場料(にゅうじょうりょう)はいくらですか？

nyu.u.jo.u.ryo.u.wa./i.ku.ra./de.su.ka.

有什麼折扣嗎？

どんな割引(わりびき)がありますか？

do.n.na./wa.ri.bi.ki.ga./a.ri.ma.su.ka.

哪裡可以買這個展覽的票？

この展示会(てんじかい)のチケットはどこで買(か)えますか？

ko.no./te.n.ji.ka.i.no./chi.ke.tto.wa./do.ko.de./ka.e.ma.su.ka.

常設展的簡介在哪裡？

常設展(じょうせつてん)のパンフレットはどこですか？

jo.u.se.tsu.te.n.no./pa.n.fu.re.tto.wa./do.ko./de.su.ka.

有沒有寄放隨身物品的地方？

荷物(にもつ)を預(あず)かってくれるところはありますか？

ni.mo.tsu.o./a.zu.ka.tte./ku.re.ru./to.ko.ro.wa./a.ri.ma.su.ka.

這個包包能帶進去嗎？

このバッグは持(も)ち込(こ)めますか？

ko.no./ba.ggu.wa./mo.chi.ko.me.ma.su.ka.

可以拍照攝影嗎？	写真撮影(しゃしんさつえい)をしてもよろしいでしょうか？ sha.shi.n.sa.tsu.e.i.o./shi.te.mo./yo.ro.shi.i./de.sho.u.ka.
禁止拍照攝影。	撮影禁止(さつえいきんし)です。 sa.tsu.e.i.ki.n.shi./de.su.
可以拍照，但請不要用閃光燈。	撮影(さつえい)できますが、フラッシュはご遠慮(えんりょ)ください。 sa.tsu.e.i./de.ki.ma.su.ga./fu.ra.sshu.wa./go.e.n.ryo./ku.da.sa.i.
藤田嗣治的畫在哪一區？	藤田嗣治(ふじたつぐはる)の絵(え)はどこですか？ fu.ji.ta.tsu.gu.ha.ru.no./e.wa./do.ko./de.su.ka.
有語音導覽嗎？	音声(おんせい)ガイドはありますか？ o.n.se.i.ga.i.do.wa./a.ri.ma.su.ka.
想要什麼語言的？	何語(なにご)をご希望(きぼう)でしょうか？ na.ni.go.o./go.ki.bo.u./de.sho.u.ka.

這個展覽到什麼時候？

この展示会(てんじかい)はいつまでですか？

ko.no./te.n.ji.ka.i.wa./i.tsu./ma.de./de.su.ka.

(展覽)全部看一遍需要多少時間？

一周見(いっしゅうみ)て回(まわ)るのにどれくらいかかりますか？

i.sshu.u.mi.te.ma.wa.ru.no.ni./do.re.ku.ra.i./ka.ka.ri.ma.su.ka.

我想參加導覽。

ガイドツアーに参加(さんか)したいのですが。

ga.i.do.tsu.a.a.ni./sa.n.ka./shi.ta.i.no./de.su.ga.

下一回的導覽是幾點開始？

次(つぎ)のガイドツアーは何時(なんじ)からですか？

tsu.gi.no./ga.i.do.tsu.a.a.wa./na.n.ji.ka.ra./de.su.ka.

有沒有這裡獨家的商品？

ここだけのオリジナルグッズはありますか？

ko.ko.da.ke.no./o.ri.ji.na.ru.gu.zzu.wa./a.ri.ma.su.ka.

出口在哪裡？

出口(でぐち)はどこですか？

de.gu.chi.wa./do.ko./de.su.ka.

劇場

MP3 53

最受歡迎的劇是哪一齣？	一番人気な演目はなんですか？ i.chi.ba.n.ni.n.ki.na./e.n.mo.ku.wa./na.n.de.su.ka.
正在上演什麼？	何が上演されていますか？ na.ni.ga./jo.u.e.n.sa.re.te./i.ma.su.ka.
在哪裡的劇場上演？	どこの劇場で上映されていますか？ do.ko.no./ge.ki.jo.u.de./jo.u.e.i.sa.re.te./i.ma.su.ka.
在哪裡買票？	チケットはどこで買えますか？ chi.ke.tto.wa./do.ko.de./ka.e.ma.su.ka.
網路上預約得到嗎？	ネットで予約できますか？ ne.tto.de./yo.ya.ku./de.ki.ma.su.
有當日票券嗎？	当日券はありますか？ to.u.ji.tsu.ke.n.wa./a.ri.ma.su.ka.

當日票券在哪裡排隊購票？	当日券(とうじつけん)はどこで並(なら)びますか？ to.u.ji.tsu.ke.n.wa./do.ko.de./na.ra.bi.ma.su.ka.
還有今晚的票嗎？	今夜(こんや)のチケットはまだありますか？ ko.n.ya.no./chi.ke.tto.wa./ma.da./a.ri.ma.su.ka.
賣完了。	売(う)り切(き)れです。 u.ri.ki.re.de.su.
幾點的場次才有票呢？	いつのチケットならありますか？ i.tsu.no./chi.ke.tto.na.ra./a.ri.ma.su.ka.
午場和晚場，要哪一場？	昼(ひる)の部(ぶ)と夜(よる)の部(ぶ)のどちらにしますか？ hi.ru.no.bu.to./yo.ru.no.bu.no./do.chi.ra.ni./shi.ma.su.ka.
表演結束是幾點？	終演(しゅうえん)は何時(なんじ)ですか？ shu.u.e.n.wa./na.n.ji.de.su.ka.

可以讓我看座位表嗎？	座席表(ざせきひょう)を見(み)せていただけますか？ za.se.ki.hyo.u.o./mi.se.te./i.ta.da.ke.ma.su.ka.
請為我帶位。	私(わたし)の席(せき)に案内(あんない)してください。 wa.ta.shi.no./se.ki.ni./a.n.na.i.shi.te./ku.da.sa.i.
這個位子在哪裡？	この席(せき)はどこですか？ ko.no./se.ki.wa./do.ko./de.su.ka.
出場後可以再進場嗎？	再入場(さいにゅうじょう)はできますか？ sa.i.nyu.u.jo.u.wa./de.ki.ma.su.ka.
有沒有中場休息？	幕間休憩(まくあいきゅうけい)はありますか？ ma.ku.a.i.kyu.u.ke.i.wa./a.ri.ma.su.ka.
可以借劇場用的望遠鏡嗎？	オペラグラスを借(か)りることができますか？ o.pe.ra.gu.ra.su.o./ka.ri.ru./ko.to.ga./de.ki.ma.su.ka.

電影院

MP3 54

哪些電影正在上映？	今上映してる映画はなんですか？ i.ma./jo.u.e.i.shi.te.ru./e.i.ga.wa./na.n.de.su.ka.
買得到這部電影的預售票嗎？	この映画の前売り券は買えますか？ ko.no./e.i.ga.no./ma.e.u.ri.ke.n.wa./ka.e.ma.su.ka.
在哪間戲院上映？	どの映画館でやっていますか？ do.no./e.i.ga.ka.n.de./ya.tte./i.ma.su.ka.
可以的話想在大的廳(螢幕)看。	できれば大きいスクリーンで見たいです。 de.ki.re.ba./o.o.ki.i./su.ku.ri.i.n.de./mi.ta.i.de.su.
這部電影還在上映中嗎？	この映画はまだやっていますか？ ko.no./e.i.ga.wa./ma.da./ya.tte.i.ma.su.ka.
可以教我怎麼使用預售票嗎？	前売り券の使い方を教えていただけませんか？ ma.e.u.ri.ke.n.no./tsu.ka.i.ka.ta.o./o.shi.e.te./i.ta.da.ke.ma.se.n.ka.

<table>
<tr><td rowspan="2">會播映到什麼時候？</td><td>いつまで上映(じょうえい)していますか？</td></tr>
<tr><td>i.tsu.ma.de./jo.u.e.i.shi.te./i.ma.su.ka.</td></tr>
<tr><td rowspan="2">電影還有多久開始？</td><td>映画(えいが)はあとどれくらいで始まりますか？</td></tr>
<tr><td>e.i.ga.wa./a.to./do.re.ku.ra.i.de./ha.ji.ma.ri.ma.su.ka.</td></tr>
<tr><td rowspan="2">這是怎麼樣的電影呢？</td><td>これってどんな映画(えいが)ですか？</td></tr>
<tr><td>ko.re.tte./do.n.na./e.i.ga./de.su.ka.</td></tr>
<tr><td rowspan="2">現在正上映什麼電影？</td><td>今(いま)は何(なん)の映画(えいが)をやっていますか？</td></tr>
<tr><td>i.ma.wa./na.n.no./e.i.ga.o./ya.tte./i.ma.su.ka.</td></tr>
<tr><td rowspan="2">有哪些演員演出？</td><td>誰(だれ)が出(で)ていますか？</td></tr>
<tr><td>da.re.ga./de.te./i.ma.su.ka.</td></tr>
<tr><td rowspan="2">午夜場(最終場)是幾點開始？</td><td>レイトショーは何時(なんじ)からですか？</td></tr>
<tr><td>re.i.to.sho.o.wa./na.n.ji.ka.ra./de.su.ka.</td></tr>
</table>

請給我2張午夜場(終場)的票。

レイトショーのチケット2枚(にまい)ください。

re.i.to.sho.o.no./chi.ke.tto./ni.ma.i./ku.da.sa.i.

有中間的位子嗎？

中央(ちゅうおう)の席(せき)はありますか？

chu.u.o.u.no./se.ki.wa./a.ri.ma.su.ka.

下一場有位子嗎？

次(つぎ)の回(かい)は空(あ)いていますか？

tsu.gi.no.ka.i.wa./a.i.te./i.ma.su.ka.

要不要吃爆米花？

ポップコーンを食(た)べませんか？

po.ppu.ko.o.n.o./ta.be.ma.se.n.ka.

這部電影怎麼樣？

この映画(えいが)、どうでしたか？

ko.no./e.i.ga./do.u.de.shi.ta.ka.

想看看電影周邊。

映画(えいが)グッズを見(み)てみたいです。

e.i.ga.gu.zzu.o./mi.te./mi.ta.i./de.su.

演唱會

MP3 55

今晚要去看喜歡的樂團的演唱會。	今夜(こんや)、好(す)きなバンドのライブを見(み)に行(い)くんです。 ko.n.ya./su.ki.na./ba.n.do.no./ra.i.bu.o./mi.ni./i.ku.n.de.su.
在那個酒吧能聽到現場演奏嗎？	あのバーでバンドの生演奏(なまえんそう)が聴(き)けますか？ a.no./ba.a.de./ba.n.do.no./na.ma.e.n.so.u.ga./ki.ke.ma.su.ka.
我的興趣就是參加樂團的演唱會。	バンドのライブに行(い)くのが趣味(しゅみ)です。 ba.n.do.no./ra.i.bu.ni./i.ku.no.ga./shu.mi.de.su.
為了看演唱會而來到日本。	ライブのために日本(にほん)に来(き)ました。 ra.i.bu.no./ta.me.ni./ni.ho.n.ni./ki.ma.shi.ta.
想在東京巨蛋看演唱會。	東京(とうきょう)ドームでライブを見(み)てみたいです。 to.u.kyo.u.do.o.mu.de./ra.i.bu.o./mi.te.mi.ta.i./de.su.
第一次看演唱會非常期待。	初(はじ)めてのコンサートを楽(たの)しみにしています。 ha.ji.me.te.no./ko.n.sa.a.to.o./ta.no.shi.mi.ni./shi.te./i.ma.su.

可以在便利商店的機台買到票嗎？

コンビニの機械でチケットを買えますか？

ko.n.bi.ni.no./ki.ka.i.de./chi.ke.tto.o./ka.e.ma.su.ka.

想申請抽票。

抽選にエントリーしたいです。

chu.u.se.n.ni./e.n.to.ri.i./shi.ta.i./de.su.

申請了票券抽選。

チケットを申し込みました。

chi.ke.tto.o./mo.u.shi.ko.mi.ma.shi.ta.

申請了 4 張。

4 枚応募しました。

yo.n.ma.i./o.u.bo./shi.ma.shi.ta.

抽中票了。

当選しました。

to.u.se.n./shi.ma.shi.ta.

沒抽中票。

チケットが外れてしまいました。

chi.ke.tto.ga./ha.zu.re.te./shi.ma.i.ma.shi.ta.

★單字急救包

巡迴演唱、旅行團	ツアー	tsu.a.a.
演唱會	ライブ	ra.i.bu.
會場	会場（かいじょう）	ka.i.jo.u.
搖滾區、萬人體育館	アリーナ	a.ri.i.na.
看台區	スタンド	su.ta.n.do.
追加站立席	立見席（たちみせき）	ta.chi.mi.se.ki.
序號	整理番号（せいりばんごう）	se.i.ri.ba.n.go.u.
抽選	抽選（ちゅうせん）	chu.u.se.n.
發行票券	発券（はっけん）	ha.kke.n.
票根	半券（はんけん）	ha.n.ke.n.
周邊商品	グッズ	gu.zzu.
最終場	千秋楽（せんしゅうらく）	se.n.shu.u.ra.ku.

冬季運動

MP3 56

你喜歡冬季運動嗎？

ウィンタースポーツはお好(す)きですか？

wi.n.ta.a.su.po.o.tsu.wa./o.su.ki./de.su.ka.

每年都會出國滑雪。

毎年海外(まいとしかいがい)にスキーに行(い)きます。

ma.i.to.shi./ka.i.ga.i.ni./su.ki.i.ni./i.ki.ma.su.

有推薦的滑雪場嗎？

おすすめのスキー場(じょう)はありますか？

o.su.su.me.no./su.ki.i.jo.u.wa./a.ri.ma.su.ka.

想開始學單板滑雪。

スノボを始(はじ)めたいです。

su.no.bo.o./ha.ji.me.ta.i./de.su.

能租到小孩子的雪衣嗎？

子供(こども)のスキーウェアはレンタルできますか？

ko.do.mo.no./su.ki.i.we.a.wa./re.n.ta.ru./de.ki.ma.su.ka.

滑雪場附近的積雪應該很厚吧？

スキー場付近(じょうふきん)は雪(ゆき)がすごいでしょうか？

su.ki.i.jo.u./fu.ki.n.wa./yu.ki.ga./su.go.i./de.sho.u.ka.

為了這個季節初次滑雪來的。	今シーズン初滑りに来ました。 ko.n.shi.i.zu.n./ha.tsu.su.be.ri.ni./ki.ma.shi.ta.
想體驗滑雪看看。	スキーを体験してみました。 su.ki.i.o./ta.i.ke.n.shi.te./mi.ma.shi.ta.
不知道怎麼滑雪。	スキーの仕方がわかりません。 su.ki.i.no./shi.ka.ta.ga./wa.ka.ri.ma.se.n.
今天滑雪場的雪質很棒。	今日のゲレンデの雪質は最高でした。 kyo.u.no./ge.re.n.de.no./yu.ki.shi.tsu.wa./sa.i.ko.u./de.shi.ta.
乘坐纜車 (lift) 的地方在哪裡？	リフトの乗降場はどこですか？ ri.fu.to.no./jo.u.ko.u.jo.u.wa./do.ko.de.su.ka.
下次來日本時也想要享受滑雪和單板滑雪。	次も日本に来たときにはスキーやスノボを楽しみたいです。 tsu.gi.mo./ni.ho.n.ni./ki.ta.to.ki.ni.wa./su.ki.i.ya./su.no.bo.o./ta.no.shi.mi.ta.i./de.su.

★單字急救包

滑雪	スキー	su.ki.i.
單板滑雪板	スノボ	su.no.bo.
滑雪板	スキー板（いた）	su.ki.i.i.ta.
纜車	リフト	ri.fu.to.
滑行、滑	滑（すべ）る	su.be.ru.
安全帽	ヘルメット	he.ru.me.tto.
扣環	バックル	ba.kku.ru.
雪衣、滑雪服裝	スキーウェア	su.ki.i.we.a.
滑雪場、雪面	ゲレンデ	ge.re.n.de.
雪上摩托車	雪上（せつじょう）バイク	se.tsu.jo.u./ba.i.ku.
滑坡	斜面（しゃめん）	sha.me.n.
租借	レンタル	re.n.ta.ru.

體育觀賽

MP3 57

軟銀隊的比賽是什麼時候？	ソフトバンクの試合(しあい)はいつですか？ so.fu.to.ba.n.ku.no./shi.a.i.wa./i.tsu./de.su.ka.
和哪一隊對戰？	対戦相手(たいせんあいて)はどこですか？ ta.i.se.n.a.i.te.wa./do.ko./de.su.ka.
這裡可以看什麼體育競賽？	ここでなにかスポーツの観戦(かんせん)ができますか？ ko.ko.de./na.ni.ka./su.po.o.tsu.no./ka.n.se.n.ga./de.ki.ma.su.ka.
我想看足球比賽。	サッカーの試合(しあい)を見(み)たいのですが。 sa.kka.a.no./shi.a.i.o./mi.ta.i.no./de.su.ga.
在網上查比賽賽程。	ウェブサイトで試合日程(しあいにってい)を調(しら)べてみます。 we.bu.sa.i.to.de./shi.a.i.ni.tte.i.o./shi.ra.be.te./mi.ma.su.
要怎麼買票？	チケットはどうやって取(と)りますか？ chi.ke.tto.wa./do.u.ya.tte./to.ri.ma.su.ka.

體育場在哪裡？

スタジアムはどこですか？

su.ta.ji.a.mu.wa./do.ko./de.su.ka.

你支持哪一邊？

どこを応援(おうえん)していますか？

do.ko.o./o.u.e.n.shi.te./i.ma.su.ka.

今天的比賽因雨延賽嗎？

今日(きょう)の試合(しあい)は雨(あめ)で延期(えんき)ですか？

kyo.u.no./shi.a.i.wa./a.me.de./e.n.ki./de.su.ka.

現在比分是幾比幾？

スコアはどうなっていますか？

su.ko.a.wa./do.u.na.tte./i.ma.su.ka.

哪邊領先？

どちらが勝(か)っていますか？

do.chi.ra.ga./ka.tte./i.ma.su.ka.

發生了什麼事？

何(なに)が起(お)こったんですか？

na.ni.ga./o.ko.tta.n./de.su.ka.

人潮把我和朋友沖散了。可否幫我廣播尋人？	人混(ひとご)みで友人(ゆうじん)とはぐれてしまいました。呼(よ)び出(だ)していただけますか？ hi.to.go.mi.de./yu.u.ji.n.to./ha.gu.re.te./shi.ma.i.ma.shi.ta./yo.bi.da.shi.te./i.ta.da.ke.ma.su.ka.
在正面入口會合後入場吧。	正面(しょうめん)ゲートで待(ま)ち合(あ)わせて入(はい)りましょう。 sho.u.me.n.ge.e.to.de./ma.chi.a.wa.se.te./ha.i.ri.ma.sho.u.
那個9號的選手是誰？	あの 9 番(きゅうばん)の選手(せんしゅ)は誰(だれ)ですか？ a.no./kyu.u.ba.n.no./se.n.shu.wa./da.re./de.su.ka.
好可惜！	惜(お)しい！ o.shi.i.
美技！	ナイスプレー！ na.i.su.pu.re.e.
很棒的一場比賽。	いい試合(しあい)でした。 i.i./shi.a.i./de.shi.ta.

動漫

MP3 58

我在找漫畫專賣店。

漫画専門店(まんがせんもんてん)を探(さが)していますが。

ma.n.ga.se.n.mo.n.te.n.o./sa.ga.shi.te./i.ma.su.ga.

日本的動畫在世界上也是很受歡迎的文化。

日本(にほん)のアニメは世界(せかい)でも大人気(だいにんき)の文化(ぶんか)ですね。

ni.ho.n.no./a.ni.me.wa./se.ka.i.de.mo./da.i.ni.n.ki.no./bu.n.ka./de.su.ne.

我喜歡動漫。

私(わたし)はアニメが好(す)きです。

wa.ta.shi.wa./a.ni.me.ga./su.ki./de.su.

我很喜歡動畫電影。

私(わたし)はアニメーション映画(えいが)が大好(だいす)きです。

wa.ta.shi.wa./a.ni.me.e.sho.n.e.i.ga.ga./da.i.su.ki./de.su.

最喜歡的動畫角色是柯南。

一番好(いちばんす)きなアニメキャラクターはコナンです。

i.chi.ba.n.su.ki.na./a.ni.me.kya.ra.ku.ra.a.wa./ko.na.n./de.su.

請告訴我哪間店有賣很多動漫周邊？

アニメグッズをたくさん売(う)っているところを教(おし)えてください。

a.ni.me.gu.zzu.o./ta.ku.sa.n./u.tte./i.ru./to.ko.ro.o./o.shi.e.te./ku.da.sa.i.

平常會收集這個漫畫的週邊。	この漫画(まんが)のグッズを集(あつ)めています。	ko.no./ma.n.ga.no./gu.zzu.o./a.tsu.me.te./i.ma.su.
為了學習日語而收看動畫。	日本語(にほんご)の勉強(べんきょう)のためにアニメを見(み)ています。	ni.ho.n.go.no./be.n.kyo.u.no./ta.me.ni./a.ni.me.o./mi.te./i.ma.su.
我現在正在官網收看那部動畫。	そのアニメなら、今公式(いまこうしき)サイトで見(み)ています。	so.no./a.ni.me.na.ra./i.ma./ko.u.shi.ki.sa.i.to.de./mi.te./i.ma.su.
想買 cosplay 的衣服回去。	コスプレ衣装(いしょう)を買(か)って帰(かえ)りたいです。	ko.su.pu.re.i.sho.u.o./ka.tte./ka.e.ri.ta.i./de.su.
為了參加活動而來的。	イベント参加(さんか)のために来(き)ました。	i.be.n.to./sa.n.ka.no./ta.me.ni./ki.ma.shi.ta.
哪裡有賣畫漫畫的工具？	漫画(まんが)を描(か)く道具(どうぐ)はどこで売(う)っていますか？	ma.n.ga.o./ka.ku./do.u.gu.wa./do.ko.de./u.tte./i.ma.su.ka.

★單字急救包

漫畫	コミック	ko.mi.kku.
動畫	アニメーション	a.ni.me.e.sho.n.
劇情	ストーリー	su.to.o.ri.i.
連載	連載（れんさい）	re.n.sa.i.
漫畫週刊	漫画週刊誌（まんがしゅうかんし）	ma.n.ga.shu.u.ka.n.shi.
單行本	単行本（たんこうぼん）	ta.n.ko.u.bo.n.
聲優	声優（せいゆう）	se.i.yu.u.
活動	イベント	i.be.n.to.
同人誌	同人誌（どうじんし）	do.u.ji.n.shi.
cosplay、變裝	コスプレ	ko.su.pu.re.
親手販售（交付）會	お渡（わた）し会（かい）	o.wa.ta.shi.ka.i.
簽名會	サイン会（かい）	sa.i.n.ka.i.

熱門景點

MP3 59

這附近有推薦的觀光景點嗎？	この辺でおすすめの観光スポットはありますか？ ko.no.he.n.de./o.su.su.me.no./ka.n.ko.u./su.po.tto.wa./a.ri.ma.su.ka.
有沒有必去的地方？	見逃すべきではない場所ってありますか？ mi.no.ga.su./be.ki./de.wa.na.i./ba.sho.tte./a.ri.ma.su.ka.
可以告訴我最好的觀光景點嗎？	ベストな観光スポットを教えていただけますか？ be.su.to.na./ka.n.ko.u./su.po.tto.o./o.shi.e.te./i.ta.da.ke.ma.su.ka.
我想去大阪觀光，哪邊最好呢？	大阪へ観光に行きたいのですが、どこへ行くのが一番いいですか？ o.o.sa.ka.e./ka.n.ko.u.ni./i.ki.ta.i.no./de.su.ga./do.ko.e./i.ku.no.ga./i.chi.ba.n./i.i./de.su.ka.
這個城市以什麼聞名？	この町は何が有名ですか？ ko.no.ma.chi.wa./na.ni.ga./yu.u.me.i./de.su.ka.
有沒有什麼好去處？	どこかいい場所はありますか？ do.ko.ka./i.i./ba.sho.wa./a.ri.ma.su.ka.

一直都很想來。	ずっと来たかったです。 zu.tto./ki.ta.ka.tta./de.su.
真是極佳的美景。	絶景ですね。 ze.kke.i./de.su.ne.
有沒有不擁擠的私房景點。	混雑しない穴場はありますか？ ko.n.za.tsu./shi.na.i./a.na.ba.wa./a.ri.ma.su.ka.
人太多了沒辦法從容地看。	人が多すぎてゆっくり見られなかったんです。 hi.to.ga./o.o.su.gi.te./yu.kku.ri./mi.ra.re.na.ka.tta.n.de.su.
有沒有能一面眺望景色一面用餐的餐廳？	景色を眺めながら食事できるレストランはありますか？ ke.shi.ki.o./na.ga.me.na.ga.ra./sho.ku.ji.de.ki.ru./re.su.to.ra.n.wa./a.ri.ma.su.ka.
想從頂樓眺望夜景。	頂上から夜景を眺めたいです。 cho.u.jo.u.ka.ra./ya.ke.i.o./na.ga.me.ta.i./de.su.

★單字急救包

固定的、必有的	定番（ていばん）	te.i.ba.n.
觀光名勝	観光名所（かんこうめいしょ）	ka.n.ko.u.me.i.sho.
觀光客	観光客（かんこうきゃく）	ka.n.ko.u.kya.ku.
觀景台	展望台（てんぼうだい）	te.n.bo.u.da.i.
景色	景色（けしき）	ke.shi.ki.
極致美景	絶景（ぜっけい）	ze.kke.i.
當地美食	ご当地（とうち）グルメ	go.to.u.chi.gu.ru.me.
名產	名物（めいぶつ）	me.i.bu.tsu.
伴手禮	お土産（みやげ）	o.mi.ya.ge.
導覽、導遊	ガイド	ga.i.do.
早市	朝市（あさいち）	a.sa.i.chi.
世界遺產	世界遺産（せかいいさん）	se.ka.i.i.sa.n.

攝影留念

MP3 60

店裡可以拍照攝影嗎？	店内(てんない)で写真撮影(しゃしんさつえい)をしても大丈夫(だいじょうぶ)でしょうか？ te.n.na.i.de./sha.shi.n.sa.tsu.e.i.o./shi.te.mo./da.i.jo.u.bu./de.sho.u.ka.
能請你幫我拍照嗎？	写真(しゃしん)を撮(と)っていただけますか？ sha.shi.n.o./to.tte./i.ta.da.ke.ma.su.ka.
可以請你和我一起拍(照)嗎？	一緒(いっしょ)に(写真(しゃしん)に)入(はい)っていただけますか？ i.ssho.ni./sha.shi.n.ni./ha.i.tte./i.ta.da.ke.ma.su.ka.
擺個什麼姿勢吧。	何(なに)かポーズをとってください。 na.ni.ka./po.o.zu.o./to.tte./ku.da.sa.i.
請按這個鈕。	このボタンを押(お)してください。 ko.no./bo.ta.n.o./o.shi.te./ku.da.sa.i.
在畫面上觸碰一下就好。	画面(がめん)にタッチするだけです。 ga.me.n.ni./ta.cchi.su.ru./da.ke./de.su.

可以幫我以電視塔為背景拍照嗎？	テレビタワーをバックに写真(しゃしん)を撮(と)っていただけますか？ te.re.bi.ta.wa.a.o./ba.kku.ni./sha.shi.n.o./to.tte./i.ta.da.ke.ma.su.ka.
要不要我幫你拍照？	写真(しゃしん)を撮(と)ってあげましょうか？ sha.shi.n.o./to.tte./a.ge.ma.sho.u.ka.
看鏡頭，來，笑一個。	こっち見(み)て、はい、チーズ。 ko.cchi.mi.te./ha.i./chi.i.zu.
請再往中間靠一點。	もっと真(ま)ん中(なか)に寄(よ)ってください。 mo.tto./ma.n.na.ka.ni./yo.tte./ku.da.sa.i.
正在拍影片。	動画(どうが)の撮影中(さつえいちゅう)です。 do.u.ga.no./sa.tsu.e.i.chu.u./de.su.
請後退一點。	ちょっと下(さ)がってください。 cho.tto./sa.ga.tte./ku.da.sa.i.

請確認可不可以。	確認(かくにん)してみてください。	ka.ku.ni.n.shi.te./mi.te./ku.da.sa.i.
可以再拍一張嗎？	もう１枚撮(いちまいと)っていただけませんか？	mo.u./i.chi.ma.i./to.tte./i.ta.da.ke.ma.se.n.ka.
大家一起自拍吧。	みんなで自撮(じど)りしましょう。	mi.n.na.de./ji.do.ri./shi.ma.sho.u.
我不喜歡被拍。	写真(しゃしん)に映(うつ)るのが好(す)きじゃないです。	sha.shi.n.ni./u.tsu.ru.no.ga./su.ki.ja.na.i./de.su.
剛才拍的影片可以用 LINE 傳給我嗎？	先(さき)ほど撮(と)った動画(どうが)を LINE で送(おく)ってもらえませんか？	sa.ki.ho.do./to.tta./do.u.ga.o./ra.i.n.de./o.ku.tte./mo.ra.e.ma.se.n.ka.
用照片 APP 修圖。	写真(しゃしん)アプリで修正(しゅうせい)します。	sha.shi.n.a.pu.ri.de./shu.u.se.i./shi.ma.su.

酒吧

MP3 61

有可以確認年齡的證件嗎？	年齢確認(ねんれいかくにん)できるものはお持(も)ちでしょうか？ ne.n.re.i.ka.ku.ni.n./de.ki.ru./mo.no.wa./o.mo.chi./de.sho.u.ka.
幾歲以上可以飲酒？	お酒(さけ)は何歳(なんさい)から飲(の)めますか？ o.sa.ke.wa./na.n.sa.i.ka.ra./no.me.ma.su.ka.
請給我 mojito 酒。	モヒートください。 mo.hi.i.to./ku.da.sa.i.
請幫我調烈一點。	ちょっと強(つよ)くしてください。 cho.tto./tsu.yo.ku.shi.te./ku.da.sa.i.
請給我酒精濃度低一點的。	アルコールを少(すく)なめにしてください。 a.ru.ko.o.ru.o./su.ku.na.me.ni./shi.te./ku.da.sa.i.
請告訴我哪裡有看得到夜景的酒吧。	夜景(やけい)の見(み)えるバーを教(おし)えてください。 ya.ke.i.no./mi.e.ru./ba.a.o./o.shi.e.te./ku.da.sa.i.

請給我和那人相同的東西。	あの人と同じものをください。 a.no./hi.to.to./o.na.ji./mo.no.o./ku.da.sa.i.
請給我各一份相同的東西。	同じものをもう 1 つずつください。 o.na.ji./mo.no.o./mo.u.hi.to.tsu.zu.tsu./ku.da.sa.i.
請給我 1 杯紅酒。	赤ワインをグラスでください。 a.ka.wa.i.n.o./gu.ra.su.de./ku.da.sa.i.
有特別菜 (酒) 單嗎？	スペシャルメニューはありますか？ su.pe.sha.ru.me.nyu.u.wa./a.ri.ma.su.ka.
請給我伏特加附檸檬。	ウォッカにレモンを添えたものをください。 wo.kka.ni./re.mo.n.o./so.e.ta./mo.no.o./ku.da.sa.i.
交給你。/ 由你決定。	お任せします。 o.ma.ka.se./shi.ma.su.

請把帳記在這張信用卡上。	このカードにつけてください。 ko.no.ka.a.do.ni./tsu.ke.te./ku.da.sa.i.
請算在我的帳上。	私(わたし)の勘定(かんじょう)につけておいてください。 wa.ta.shi.no./ka.n.jo.u.ni./tsu.ke.te./o.i.te./ku.da.sa.i.

★單字急救包

口味偏甜的	甘口(あまくち)	a.ma.ku.chi.
辣的、濃烈的	辛口(からくち)／ドライ	ka.ra.ku.chi.
氣泡水	炭酸水(たんさんすい)	ta.n.sa.n.su.i.
加冰塊的	ロック	ro.kku.
兌水的	水割(みずわ)り	mi.zu.wa.ri.
純的	ストレート	su.to.re.e.to.
水果味	フルーティ	fu.ru.u.ti.
宿醉	二日酔(ふつかよ)い	fu.tsu.ka.yo.i.

第 8 章 美容美髮

美甲沙龍

MP3 62

哪裡買得到指甲油？	マニキュアはどこで買えますか？ ma.ni.kyu.a.wa./do.ko.de./ka.e.ma.su.ka.
哪裡可以保養指甲呢？	ネイルのお手入れをしてくれるところはどこにありますか？ ne.i.ru.no./o.te.i.re.o./shi.te./ku.re.ru./to.ko.ro.wa./do.ko.ni./a.ri.ma.su.ka.
補色(修補)要多少錢？	お直しはいくらかかりますか？ o.na.o.shi.wa./i.ku.ra./ka.ka.ri.ma.su.ka.
我想做指甲(美甲)。	ネイルをしてもらいたいのですが。 ne.i.ru.o./shi.te./mo.ra.i.ta.i.no./de.su.ga.
想要做足部指甲保養。	足の爪のお手入れをしてもらいたいのですが。 a.shi.no./tsu.me.no./o.te.i.re.o./shi.te./mo.ra.i.ta.i.no./de.su.ga.
我要包含手部按摩的全套服務。	ハンドマッサージを含めたフルコースをお願いします。 ha.n.do.ma.ssa.a.ji.o./fu.ku.me.ta./fu.ru.ko.o.su.o./o.ne.ga.i.shi.ma.su.

也可以做足部按摩嗎？	フットマッサージもお願(ねが)いできますか？ fu.tto.ma.ssa.a.ji.mo./o.ne.ga.i./de.ki.ma.su.ka.
可以弄得和這個一樣嗎？	これと同(おな)じようにしてもらえますか？ ko.re.to./o.na.ji./yo.u.ni./shi.te./mo.ra.e.ma.su.ka.
想要什麼顏色呢？	何色(なにいろ)になさいますか？ na.ni.i.ro.ni./na.sa.i.ma.su.ka.
有哪些指甲油顏色呢？	マニキュアの色(いろ)は何(なに)がありますか？ ma.ni.kyu.a.no./i.ro.wa./na.ni.ga./a.ri.ma.su.ma.
有哪些種類的水晶指甲？	どのようなスカルプネイルがありますか？ do.no./yo.u.na./su.ka.ru.pu.ne.i.ru.ga./a.ri.ma.su.ka.
可以讓我看凝膠指甲的樣品嗎？	カルジェルのサンプルを見(み)せていただけますか？ ka.ru.je.ru.no./sa.n.pu.ru.o./mi.se.te./i.ta.da.ke.ma.su.ka.

想試光療指甲。	ジェルネイルを試(ため)したいです。 je.ru.ne.i.ru.o./ta.me.shi.ta.i./de.su.
多久需要換一次新的美甲？	どのくらいの頻度(ひんど)で付(つ)け替(か)えが必要(ひつよう)ですか？ do.no./ku.ra.i.no./hi.n.do.de./tsu.ke.ka.e.ga./hi.tsu.yo.u./de.su.ka.
想貼美甲貼。	ネイルスッテカーを貼(は)りたいです。 ne.i.ru.su.tte.ka.a.o./ha.ri.ta.i.de.su.
想把光療指甲取下來。	ジェルネイルを取(と)っていただきたいです。 je.ru.ne.i.ru.o./to.tte./i.ta.da.ki.ta.i.de.su.
指甲的表面裂開了。	爪(つめ)の表面(ひょうめん)にひびが入(はい)っちゃいました。 tsu.me.no./hyo.u.me.n.ni./hi.bi.ga./ha.i.ccha.i.ma.shi.ta.
光療指甲可以持續多久？	ジェルネイルはどれくらい持(も)ちますか？ je.ru.ne.i.ru.wa./do.re.ku.ra.i./mo.chi.ma.su.ka.

塑身

MP3 63

想預約 5 點的美體課程。	ボディエステを5時から予約したいのですが。 bo.di.e.su.te.o./go.ji.ka.ra./yo.ya.ku./shi.ta.i.no./de.su.ga.
可以的話，想要女性的美容師。	可能でしたら女性のセラピストでお願いします。 ka.no.u.de.shi.ta.ra./jo.se.i.no./se.ra.pi.su.to.de./o.ne.ga.i./shi.ma.su.
請集中在肩頸一帶。	首回りを集中的にお願いします。 ku.bi.ma.wa.ri.o./shu.u.chu.u.te.ki.ni./o.ne.ga.i./shi.ma.su.
力道怎麼樣？	力加減はいかがですか？ chi.ka.ra.ka.ge.n.wa./i.ka.ga./de.su.ka.
可以再強一點。	もっと強くて大丈夫です。 mo.tto./tsu.yo.ku.te./da.i.jo.u.bu./de.su.
有一點痛，請再輕一點。	少し痛むのでもう少し弱くお願いします。 su.ko.shi./i.ta.mu.no.de./mo.u.su.ko.shi./yo.wa.ku./o.ne.ga.i./shi.ma.su.

有沒有哪裡覺得要加強？	どこか物足(ものた)りない場所(ばしょ)はありますか？ do.ko.ka./mo.no.ta.ri.na.i./ba.sho.wa./a.ri.ma.su.ka.
肩膀很僵硬。	肩(かた)が凝(こ)っています。 ka.ta.ga./ko.tte./i.ma.su.
精油的香味使我能非常放鬆。	アロマの香(かお)りでとてもリラックスできました。 a.ro.ma.no./ka.o.ri.de./to.te.mo./ri.ra.kku.su./de.ki.ma.shi.ta.
請填寫健康記錄表。	健康(けんこう)チェックシートをご記入(きにゅう)ください。 ke.n.ko.u.che.kku.shi.i.to.o./go.ki.nyu.u./ku.da.sa.i.
請換上我們準備的衣服。	用意(ようい)した服(ふく)にお着替(きが)えください。 yo.u.i.shi.ta./fu.ku.ni./o.ki.ga.e./ku.da.sa.i.
淋浴間在哪裡？	シャワールームはどこですか？ sha.wa.a.ru.u.mu.wa./do.ko./de.su.ka.

★單字急救包

美容美體沙龍	エステサロン	e.su.te.sa.ro.n.
排毒	デトックス	de.to.kku.su.
進行療程	施術（せじゅつ）	se.ju.tsu.
保養	トリートメント	to.ri.i.to.me.n.to.
代謝物	老廃物（ろうはいぶつ）	ro.u.ha.i.bu.tsu.
除毛	脱毛（だつもう）	da.tsu.mo.u.
按摩	マッサージ	ma.ssa.a.ji.
芳香療法	アロマセラピー	a.ro.ma.se.ra.pi.i.
新陳代謝	新陳代謝（しんちんたいしゃ）	shi.n.chi.n.ta.i.sha.
血液循環	血行（けっこう）	ke.kko.u.
角質	角質（かくしつ）	ka.ku.shi.tsu.
淋巴	リンパ	ri.n.pa.
抗老化	アンチエイジング	a.n.chi.e.i.ji.n.gu.

護膚美容

MP3 64

我想預約 SPA。	スパを予約（よやく）したいのですが。 su.pa.o./yo.ya.ku./shi.ta.i.no./de.su.ga.
好的，您的房號是？	はい、お部屋番号（へやばんごう）は？ ha.i./o.he.ya.ba.n.go.u.wa.
想做什麼樣的保養？	どのようなお手入（てい）れをご希望（きぼう）ですか？ do.no.yo.u.na./o.te.i.re.o./go.ki.bo.u./de.su.ka.
可以給我看療（課）程清單嗎？	コースメニューを見（み）せてもらえませんか？ ko.o.su.me.nyu.u.o./mi.se.te./mo.ra.e.ma.se.n.ka.
有身體和臉部保養。	ボディとフェイシャルがあります。 bo.di.to./fe.i.sha.ru.ga./a.ri.ma.su.
要在哪換衣服呢？	どこで着替（きが）えますか？ do.ko.de./ki.ga.e.ma.su.ka.

為您保管包包好嗎？	バッグをお預(あず)かりしましょうか？ ba.ggu.o./o.a.zu.ka.ri./shi.ma.sho.u.ka.
貴重品請帶在身上。	貴重品(きちょうひん)は、お持(も)ちくださいませ。 ki.cho.u.hi.n.wa./o.mo.chi./ku.da.sa.i.ma.se.
有沒有特別在意的肌膚問題？	お肌(はだ)で気(き)にされているところはございますか？ o.ha.da.de./ki.ni.sa.re.te./i.ru./to.ko.ro.wa./go.za.i.ma.su.ka.
請放鬆肩膀。	肩(かた)の力(ちから)を抜(ぬ)いてください。 ka.ta.no./chi.ka.ra.o./nu.i.te./ku.da.sa.i.
請仰躺。	仰向(あおむ)けになってください。 a.o.mu.ke.ni./na.tte./ku.da.sa.i.
請趴著。	うつぶせになってください。 u.tsu.bu.se.ni./na.tte./ku.da.sa.i.

膚況有沒有問題？	お肌に問題はありませんか？ o.ha.da.ni./mo.n.da.i.wa./a.ri.ma.se.n.ka.
會過敏。	アレルギーがあります。 a.re.ru.gi.i.ga./a.ri.ma.su.
是敏感性皮膚。	敏感肌です。 bi.n.ka.n.ha.da./de.su.
敷臉的時候，請放鬆休息。	パックしている間、ゆっくり休んでください。 pa.kku.shi.te.i.ru./a.i.da./yu.kku.ri./ya.su.n.de./ku.da.sa.i.
神清氣爽。	スッキリしました。 su.kki.ri./shi.ma.shi.ta.
感覺很棒。	すごく気分がいいです。 su.go.ku./ki.bu.n.ga./i.i./de.su.

美髮

MP3 65

可以告訴我評價好的美容院嗎？	評判（ひょうばん）のいいヘアサロンを教（おし）えてください。 hyo.u.ba.n.no./i.i./he.a.sa.ro.n.o./o.shi.e.te./ku.da.sa.i.
我想預約下星期四3點剪髮。	今度（こんど）の木曜日（もくようび）の3時（さんじ）にカットの予約（よやく）をお願（ねが）いしたいのですが。 ko.n.do.no./mo.ku.yo.u.bi.no./sa.n.ji.ni./ka.tto.no./yo.ya.ku.o./o.ne.ga.i./shi.ta.i.no./de.su.ga.
有指定設計師嗎？	ご指名（しめい）はございますか？ go.shi.me.i.wa./go.za.i.ma.su.ka.
哪位都可以。	どなたでも結構（けっこう）です。 do.na.ta.de.mo./ke.kko.u./de.su.
剪髮要多少錢？	カットはいくらですか？ ka.tto.wa./i.ku.ra./de.su.ka.
需要多久時間呢？	どのくらい時間（じかん）がかかりますか？ do.no./ku.ra.i./ji.ka.n.ga./ka.ka.ri.ma.su.ka.

我沒預約，但想要剪髮。	予約(よやく)してないのですが、ヘアカットをお願(ねが)いしたいです。 yo.ya.ku.shi.te./na.i.no./de.su.ga./he.a.ka.tto.o./o.ne.ga.i.shi.ta.i./de.su.
我想要剪髮和吹整。	カットとブローをお願(ねが)いします。 ka.tto.to./bu.ro.o.o./o.ne.ga.i./shi.ma.su.
只要洗髮和造型就好。	シャンプーとセットだけでお願(ねが)いします。 sha.n.pu.u.to./se.tto./da.ke.de./o.ne.ga.i./shi.ma.su.
差不多剪到這裡(用手比長度)。	このくらい切(き)ってください。 ko.no./ku.ra.i./ki.tte./ku.da.sa.i.
不想變更長度。	長(なが)さは残(のこ)したいです。 na.ga.sa.wa./no.ko.shi.ta.i./de.su.
我喜歡微捲髮。	パーマは緩(ゆる)めが好(この)みです。 pa.a.ma.wa./yu.ru.me.ga./ko.no.mi./de.su.

能給我看髮型書嗎？	ヘアスタイルの見本（みほん）を見（み）せてもらえますか？ he.a.su.ta.i.ru.no./mi.ho.n.o./mi.se.te./mo.ra.e.ma.su.ka.
我想剪得和這張照片一樣。	この写真（しゃしん）のようにカットしてください。 ko.no./sha.shi.n.no./yo.u.ni./ka.tto./shi.te./ku.da.sa.i.
想染亮一點的顏色。	明（あか）るい色（いろ）に染（そ）めたいです。 a.ka.ru.i./i.ro.ni./so.me.ta.i./de.su.
您想染什麼樣的髮色呢？	どのようなカラーをご希望（きぼう）ですか？ do.no.yo.u.na./ka.ra.a.o./go.ki.bo.u./de.su.ka.
這個髮型怎麼樣？	この髪型（かみがた）いかがですか？ ko.no./ka.mi.ga.ta./i.ka.ga./de.su.ka.
可以用髮蠟嗎？	ヘアワックスを使（つか）ってもいいですか？ he.a.wa.kku.su.o./tsu.ka.tte.mo./i.i./de.su.ka.

運動

MP3 66

喜歡什麼運動呢？	どんなスポーツが好(す)きですか？ do.n.na./su.po.o.tsu.ga./su.ki./de.su.ka.
平常做什麼運動？	普段(ふだん)どんな運動(うんどう)していますか？ fu.da.n./do.n.na./u.n.do.u./shi.te./i.ma.su.ka.
多久運動一次呢？	どれぐらいの頻度(ひんど)で運動(うんどう)しているんですか？ do.re.gu.ra.i.no./hi.n.do.de./u.n.do.u./shi.te./i.ru.n./de.su.ka.
怎麼維持身材的呢？	どのように体型(たいけい)を維持(いじ)していますか？ do.no./yo.u.ni./ta.i.ke.i.o./i.ji.shi.te./i.ma.su.ka.
最近完全沒運動。	最近全然運動(さいきんぜんぜんうんどう)できていません。 sa.i.ki.n./ze.n.ze.n./u.n.do.u./de.ki.te./i.ma.se.n.
為了排解壓力而開始慢跑。	ストレス解消(かいしょう)のためにジョギングを始(はじ)めました。 su.to.re.su.ka.i.sho.u.no./ta.me.ni./jo.gi.n.gu.o./ha.ji.me.ma.shi.ta.

開始變得有體力。	体力(たいりょく)がついてきました。 ta.i.ryo.ku.ga./tsu.i.te./ki.ma.shi.ta.
每週運動2次並且控制飲食。	週(しゅう)2回(にかい)の運動(うんどう)と食事制限(しょくじせいげん)をしています。 shu.u.ni.ka.i.no./u.n.do.u.to./sho.ku.ji.se.i.ge.n.o./shi.te./i.ma.su.
每天早上都會做伸展。	毎朝(まいあさ)ストレッチしています。 ma.i.a.sa./su.to.re.cchi./shi.te./i.ma.su.
固定上健身房健身。	ジムに通(かよ)って筋(きん)トレをしています。 ji.mu.ni./ka.yo.tte./ki.n.to.re.o./shi.te./i.ma.su.
我在找非會員制的健身房。	非会員制(ひかいいんせい)のスポーツジムを探(さが)しています。 hi.ka.i.i.n.se.i.no./su.po.o.tsu.ji.mu.o./sa.ga.shi.te./i.ma.su.
從鼻子吸氣，閉氣，再用口吐氣。	息(いき)を鼻(はな)から吸(す)って、一瞬(いっしゅん)止(と)めて、口(くち)から吐(は)きます。 i.ki.o./ha.na.ka.ra./su.tte./i.sshu.n.to.me.te./ku.chi.ka.ra./ha.ki.ma.su.

這附近有打擊練習中心嗎？	近くにバッティングセンターはありますか？ chi.ka.ku.ni./ba.tti.n.gu.se.n.ta.a.wa./a.ri.ma.su.ka.
有推薦的慢跑路線嗎？	おすすめのジョギングコースはありますか？ o.su.su.me.no./jo.gi.n.gu.ko.o.su.wa./a.ri.ma.su.ka.
哪裡買得到體育用品呢？	スポーツ用品はどこで買えますか？ su.po.o.tsu.yo.u.hi.n.wa./do.ko.de./ka.e.ma.su.ka.
可以介紹不錯的高爾夫球場嗎？	いいゴルフ場を紹介してもらえますか？ i.i./go.ru.fu.jo.u.o./sho.u.ka.i./shi.te./mo.ra.e.ma.su.ka.
游泳池的入口在哪裡？	プールの入口はどこですか？ pu.u.ru.no./i.ri.gu.chi.wa./do.ko./de.su.ka.
請告訴我適合初學者的登山去處。	初心者向けの登山スポットを教えてください。 sho.shi.n.sha.mu.ke.no./to.za.n.su.po.tto.o./o.shi.e.te./ku.da.sa.i.

健身房

MP3 67

健身房到幾點呢？	ジムは何時(なんじ)までですか？ ji.mu.wa./na.n.ji./ma.de./de.su.ka.
我不是會員，可以進去嗎？	会員(かいいん)ではないんですが、入(はい)れますか？ ka.i.i.n./de.wa./na.i.n./de.su.ga./ha.i.re.ma.su.ka.
我用完這台機器了。	このマシンを使(つか)い終(お)わりました。 ko.no./ma.shi.n.o./tsu.ka.i.o.wa.ri.ma.shi.ta.
可以教我跑步機的使用方式嗎？	ランニングマシンの使(つか)い方(かた)を教(おし)えてもらえますか？ ra.n.ni.n.gu.ma.shi.n.no./tsu.ka.i.ka.ta.o./o.shi.e.te./mo.ra.e.ma.su.ka.
可以教我怎麼調整這台機器嗎？	このマシンの調節(ちょうせつ)の仕方(しかた)を教(おし)えてもらえますか？ ko.no./ma.shi.n.no./cho.u.se.tsu.no./shi.ka.ta.o./o.shi.e.te./mo.ra.e.ma.su.ka.
可以用這個墊子嗎？	このマットを使(つか)ってもいいですか？ ko.no./ma.tto.o./tsu.ka.tte.mo./i.i.de.su.ka.

第1章
第2章
第3章
第4章
第5章
第6章
第7章
第8章
第9章
第10章
第11章

為了擁有腹肌而正在訓練。	腹筋(ふっきん)を割(わ)るために鍛(きた)えています。 fu.kki.n.o./wa.ru./ta.me.ni./ki.ta.e.te./i.ma.su.
在我做挺舉時可以在旁邊幫忙看著嗎？	ベンチプレスする間(あいだ)に見(み)てくれませんか？ be.n.chi.pu.re.su./su.ru./a.i.da.ni./mi.te./ku.re.ma.se.n.ka.
每天都要訓練才行。	毎日(まいにち)トレーニングしないと。 ma.i.ni.chi./to.re.e.ni.n.gu./shi.na.i.to.
有沒有能包場的私人健身房。	貸切(かしきり)のプライベートジムはありますか？ ka.shi.ki.ri.no./pu.ra.i.be.e.to.ji.mu.wa./a.ri.ma.su.ka.
請把器具物歸原位。	器具(きぐ)を元(もと)の位置(いち)に戻(もど)してください。 ki.gu.o./mo.to.no./i.chi.ni./mo.do.shi.te./ku.da.sa.i.
用完後請把上面的汗擦乾淨。	使(つか)い終(お)わったら汗(あせ)を拭(ふ)いてください。 tsu.ka.i.o.wa.tta.ra./a.se.o./fu.i.te./ku.da.sa.i.

★單字急救包

健身、健美	筋(きん)トレ	ki.n.to.re.
肌肉	筋肉(きんにく)	ki.n.ni.ku.
體幹核心	体幹(たいかん)	ta.i.ka.n.
小腿	ふくらはぎ	fu.ku.ra.ha.gi.
上臂	二(に)の腕(うで)	ni.no.u.de.
肉肉的	ぶよぶよ	bu.yo.bu.yo.
組、回合	セット	se.tto.
伏地挺身	腕立(うでた)て伏(ふ)せ	u.de.ta.te.fu.se.
深蹲	スクワット	su.ku.wa.tto.
仰臥起坐	腹筋運動(ふっきんうんどう)	fu.kki.n.u.n.do.u.
舉重	重量挙(じゅうりょうあ)げ	ju.u.ryo.u.a.ge.
減重	減量(げんりょう)	ge.n.ryo.u.
高蛋白	プロテイン	pu.ro.te.i.n.

醫美

MP3 68

我想要看門診，可以嗎？	外来(がいらい)でお願(ねが)いしたいのです。可能(かのう)でしょうか？	ga.i.ra.i.de./o.ne.ga.i./shi.ta.i.no./de.su./ka.no.u./de.sho.u.ka.
如果能輕鬆辦到的話，我想進行抽脂手術。	もし楽(らく)にできるなら、脂肪吸引手術(しぼうきゅういんしゅじゅつ)をしてみたいです。	mo.shi./ra.ku.ni./de.ki.ru./na.ra./shi.bo.u.kyu.u.i.n.shu.ju.tsu.o./shi.te./mi.ta.i./de.su.
想把單眼皮弄成雙眼皮。	一重(ひとえ)を二重(ふたえ)まぶたにしたいです。	hi.to.e.o./fu.ta.e./ma.bu.ta.ni./shi.ta.i./de.su.
為了看起來年輕點所以想要除皺。	若(わか)く見(み)せるために顔(かお)のしわとりをやりたいです。	wa.ka.ku./mi.se.ru./ta.me.ni./ka.o.no./shi.wa.to.ri.o./ya.ri.ta.i./de.su.
有哪些手術方式呢？	どんな手術(しゅじゅつ)の方法(ほうほう)がありますか？	do.n.na./shu.ju.tsu.no./ho.u.ho.u.ga./a.ri.ma.su.ka.
住院要住多久呢？	入院期間(にゅういんきかん)はどのくらいかかりますか？	nyu.u.i.n.ki.ka.n.wa./do.no.ku.ra.i./ka.ka.ri.ma.su.ka.

想要打玻尿酸讓鼻子高一點。	ヒアルロン酸の注射をうって鼻を高くしたいです。 hi.a.ru.ro.n.sa.n.no./chu.u.sha.o./u.tte./ha.na.o./ta.ka.ku./shi.ta.i./de.su.
能馬上進行手術嗎？	すぐに手術できますか？ su.gu.ni./shu.ju.tsu./de.ki.ma.su.ka.
需要幾天才能消腫？	腫れが引くまでには何日くらいかかるのでしょうか？ ha.re.ga./hi.ku.ma.de.ni.wa./na.n.ni.chi./ku.ra.i./ka.ka.ru.no./de.sho.u.ka.
能維持多久？	持続期間はどのくらいですか？ ji.zo.ku.ki.ka.n.wa./do.no./ku.ra.i./de.su.ka.
想要整一下鼻子。	少し鼻をいじってみようかなと思って。 su.ko.shi./ha.na.o./i.ji.tte./mi.yo.u./ka.na.to./o.mo.tte.
手術後有什麼必需注意的事項嗎？	手術後に何か気をつけないといけないことはありませんか？ shu.ju.tsu.go.ni./na.ni.ka./ki.o.tsu.ke.na.i.to./i.ke.na.i./ko.to.wa./a.ri.ma.se.n.ka.

★單字急救包

美容整形	美容整形（びようせいけい）	bi.yo.u.se.i.ke.i.
微整形	プチ整形（せいけい）	pu.chi.se.i.ke.i.
隆乳手術	豊胸手術（ほうきょうしゅじゅつ）	ho.u.kyo.u.shu.ju.tsu.
玻尿酸	ヒアルロン酸（さん）	hi.a.ru.ro.n.sa.n.
肉毒桿菌	ボトックス	bo.to.kku.su.
矽膠	シリコン	shi.ri.ko.n.
整形手術	整形手術（せいけいしゅじゅつ）	se.i.ke.i.shu.ju.tsu.
進行療程	施術（せじゅつ）	se.ju.tsu.
全身麻醉	全身麻酔（ぜんしんますい）	ze.n.shi.n.ma.su.i.
皺紋	しわ	shi.wa.
法令紋	ほうれい線（せん）	ho.u.re.i.se.n.
削頰	エラ削（けず）り	e.ra.ke.zu.ri.
口耳相傳	口（くち）コミ	ku.chi.ko.mi.

第 9 章 通訊網路

網路

MP3 69

客房裡可以上網嗎？	客室（きゃくしつ）でインターネットができますか？ kya.ku.shi.tsu.de./i.n.ta.a.ne.tto.ga./de.ki.ma.su.ka.
可以借電線嗎？（充電線、網路線等）	ケーブルのレンタルはできますか？ ke.e.bu.ru.no./re.n.ta.ru.wa./de.ki.ma.su.ka.
請告訴我 Wi-Fi 的密碼。	Wi-Fi のパスワードを教（おし）えてください。 wa.i.fa.i.no./pa.su.wa.a.do.o./o.shi.e.te./ku.da.sa.i.
我連不上網路。	ネットに繋（つな）がらないんですが。 ne.tto.ni./tsu.na.ga.ra.na.i.n./de.su.ga.
這附近有能用 Wi-Fi 的地方嗎？	近（ちか）くで Wi-Fi を使（つか）えるところはありますか？ chi.ka.ku.de./wa.i.fa.i.o./tsu.ka.e.ru./to.ko.ro.wa./a.ri.ma.su.ka.
可以租借 Wi-Fi 分享器嗎？	ポケット Wi-Fi の貸出（かしだし）はありますか？ po.ke.tto.wa.i.fa.i.no./ka.shi.da.shi.wa./a.ri.ma.su.ka.

可以教我如何設定嗎？	設定(せってい)する方法(ほうほう)を教(おし)えていただけますか？ se.tte.i.su.ru./ho.u.ho.u.o./o.shi.e.te./i.ta.da.ke.ma.su.ka.
可以用手機的熱點分享上網嗎？	スマホのテザリングでネットにつなげますか？ su.ma.sho.no./te.za.ri.n.gu.de./ne.tto.ni./tsu.na.ge.ma.su.ka.
要如何確認通訊用量。	通信量(つうしんりょう)はどうやって確認(かくにん)できますか？ tsu.u.shi.n.ryo.u.wa./do.u.ya.tte./ka.ku.ni.n./de.ki.ma.su.ka.
哪裡可以買到手機預付卡？	プリペイドSIM(しむ)カードはどこで購入(こうにゅう)できますか？ pu.ri.pe.i.do.shi.mu.ka.a.do.wa./do.ko.de./ko.u.nyu.u./de.ki.ma.su.ka.
這附近有網咖嗎？	このあたりにインターネットカフェはありますか？ ko.no./a.ta.ri.ni./i.n.ta.a.ne.tto.ka.fe.wa./a.ri.ma.su.ka.
哪裡可以上網？	どこでインターネットにつながりますか？ do.ko.de./i.n.ta.a.ne.tto.ni./tsu.na.ga.ri.ma.su.ka.

<table>
<tr><td rowspan="2">我想用網路。</td><td>インターネットを利用(りよう)したいです。</td></tr>
<tr><td>i.n.ta.a.ne.tto.o./ri.yo.u.shi.ta.i./de.su.</td></tr>
<tr><td rowspan="2">想用 1 小時。</td><td>1 時間利用(いちじかんりよう)したいです。</td></tr>
<tr><td>i.chi.ji.ka.n./ri.yo.u./shi.ta.i./de.su.</td></tr>
<tr><td rowspan="2">要先付錢嗎？</td><td>前払(まえばら)いですか？</td></tr>
<tr><td>ma.e.ba.ra.i./de.su.ka.</td></tr>
<tr><td rowspan="2">我不是會員，可以使用嗎？</td><td>会員(かいいん)ではないんですが、利用(りよう)できますか？</td></tr>
<tr><td>ka.i.i.n.de.wa.na.i.n./de.su.ga./ri.yo.u./de.ki.ma.su.ka.</td></tr>
<tr><td rowspan="2">訊號不太好。</td><td>電波(でんぱ)がよくないです。</td></tr>
<tr><td>de.n.pa.ga./yo.ku.na.i./de.su.</td></tr>
<tr><td rowspan="2">可以借耳機麥克風嗎？</td><td>ヘッドフォンを借(か)りることができますか？</td></tr>
<tr><td>he.ddo.fo.n.o./ka.ri.ru.ko.to.ga./de.ki.ma.su.ka.</td></tr>
</table>

電腦

MP3 70

可以租借筆電嗎？	ノートパソコンの貸出（かしだし）はありますか？ no.o.to.pa.so.ko.n.no./ka.shi.da.shi.wa./a.ri.ma.su.ka.
便利商店提供列印服務嗎？	コンビニでプリントすることができますか？ ko.n.bi.ni.de./pu.ri.n.to.su.ru./ko.to.ga./de.ki.ma.su.ka.
請告訴我如何列印。	印刷（いんさつ）する手順（てじゅん）を教（おし）えてください。 i.n.sa.tsu.su.ru./te.ju.n.o./o.shi.e.te./ku.da.sa.i.
想請你幫我把票券印出來。	チケットの印刷（いんさつ）をお願（ねが）いしたいのですが。 chi.ke.tto.no./i.n.sa.tsu.o./o.ne.ga.i.shi.ta.i.no./de.su.ga.
有能上網的電腦嗎？	インターネットが使（つか）えるパソコンはありますか？ i.n.ta.a.ne.tto.ga./tsu.ka.e.ru./pa.so.ko.n.wa./a.ri.ma.su.ka.
能租借平板電腦嗎？	タブレットを借（か）りることができますか？ ta.bu.re.tto.o./ka.ri.ru./ko.to.ga./de.ki.ma.su.ka.

客房裡面有喇叭嗎？	客室(きゃくしつ)にスピーカーがありますか？
	kya.ku.shi.tsu.ni./su.pi.i.ka.a.ga./a.ri.ma.su.ka.
可以使用影印機嗎？	コピー機(き)は使(つか)えますか？
	ko.pi.i.ki.wa./tsu.ka.e.ma.su.ka.
我想要影印，這裡可以影印嗎？	コピーしたいんですけど、ここでできますか？
	ko.pi.i.shi.ta.i.n./de.su.ke.do./ko.ko.de./de.ki.ma.su.ka.
影印一張多少錢？	コピー１枚(いちまい)はいくらですか？
	ko.pi.i./i.chi.ma.i.wa./i.ku.ra./de.su.ka.
我房間裡的平板壞掉了。	私(わたし)の部屋(へや)のタブレットは壊(こわ)れているようです。
	wa.ta.shi.no./he.ya.no./ta.bu.re.tto.wa./ko.wa.re.te./i.ru./yo.u./de.su.
我的電腦怪怪的，可以幫我看一下嗎？	パソコンの調子(ちょうし)が悪(わる)いのですが、見(み)てもらえますか？
	pa.so.ko.n.no./cho.u.shi.ga./wa.ru.i.no./de.su.ga./mi.te./mo.ra.e.ma.su.ka.

★單字急救包

機型	機種（きしゅ）	ki.shu.
筆電	ノートパソコン	no.o.to.pa.so.ko.n.
平板電腦	タブレット	ta.bu.re.tto.
桌上型	デスクトップ型（がた）	de.su.ku.to.ppu.ga.ta.
重新開機	再起動（さいきどう）	sa.i.ki.do.u.
設定	設定（せってい）する	se.tte.i.su.ru.
當機	フリーズ	fu.ri.i.zu.
游標	カーソル	ka.a.so.ru.
點擊	クリック	ku.ri.kku.
鍵盤	キーボード	ki.i.bo.o.do.
螢幕	モニター	mo.ni.ta.a.
滑鼠	マウス	ma.u.su.
喇叭	スピーカー	su.pi.i.ka.a.

電話

MP3 71

喂。	もしもし。 mo.shi.mo.shi.
請問您是哪位？	どちら様（さま）ですか？ do.chi.ra.sa.ma./de.su.ka.
這裡是 101 號房。	こちらは 101（いちまるいち）号室（ごうしつ）です。 ko.chi.ra.wa./i.chi.ma.ru.i.chi.go.u.shi.tsu./de.su.
請稍等。	少々（しょうしょう）お待（ま）ちいただけますか？ sho.u.sho.u./o.ma.chi./i.ta.da.ke.ma.su.ka.
負責人在嗎？	担当者（たんとうしゃ）はいらっしゃいますか？ ta.n.to.u.sha.wa./i.ra.ssha.i.ma.su.ka.
請幫我接內線號碼 322 的林先生。	内線番号（ないせんばんごう）322（さんにに）のリンさんをお願（ねが）いします。 na.i.se.n.ba.n.go.u./sa.n.ni.ni.no./ri.n.sa.n.o./o.ne.ga.i./shi.ma.su.

手機收不到訊號，不管怎麼弄都無法改善。	圏外(けんがい)になったまま、どうしても治(なお)らないんです。 ke.n.ga.i.ni./na.tta./ma.ma./do.u.shi.te.mo./na.o.ra.na.i.n./de.su.
請你說大聲一點。	もう少(すこ)し大(おお)きい声(こえ)でお話(はな)しいただけますか？ mo.u./su.ko.shi./o.o.ki.i./ko.e.de./o.ha.na.shi./i.ta.da.ke.ma.su.ka.
請你說慢一點。	もっとゆっくりお話(はな)しいただけますか？ mo.tto./yu.kku.ri./o.ha.na.shi./i.ta.da.ke.ma.su.ka.
能請你幫我轉達嗎？	伝言(でんごん)をお願(ねが)いできるでしょうか？ de.n.go.n.o./o.ne.ga.i./de.ki.ru./de.sho.u.ka.
能幫忙轉達我曾經打電話來過嗎？	電話(でんわ)があった旨(むね)お伝(つた)えいただけますか？ de.n.wa.ga./a.tta./mu.ne./o.tsu.ta.e./i.ta.da.ke.ma.su.ka.
可以請他回電嗎？/請稍後回電給我。	折(お)り返(かえ)しお願(ねが)いできるでしょうか？ o.ri.ka.e.shi./o.ne.ga.i./de.ki.ru./de.sho.u.ka.

什麼時候打電話過去會比較方便呢？	いつ頃(ごろ)お電話(でんわ)差(さ)し上(あ)げたらよろしいでしょうか？ i.tsu.go.ro./o.de.n.wa./sa.shi.a.ge.ta.ra./yo.ro.shi.i./de.sho.u.ka.
什麼時候會回來呢？	いつ頃(ごろ)お戻(もど)りでしょうか？ i.tsu.go.ro./o.mo.do.ri./de.sho.u.ka.
您要留言嗎？	ご伝言(でんごん)をたまわりましょうか？ go.de.n.go.n.o./ta.ma.wa.ri.ma.sho.u.ka.
打錯電話了。	間違(まちが)い電話(でんわ)ですよ。 ma.chi.ga.i.de.n.wa./de.su.yo.
我想你打錯電話了。	お掛(か)け間違(まちが)いかと思(おも)われます。 o.ka.ke./ma.chi.ga.i.ka.to./o.mo.wa.re.ma.su.
你撥的電話號碼是幾號？	どの番号(ばんごう)におかけですか？ do.no./ba.n.go.u.ni./o.ka.ke./de.su.ka.

郵寄

MP3 72

我要換到別的旅館，可以把行李寄過去嗎？	ほかのホテルに移動(いどう)するんですが、荷物(にもつ)を送(おく)ることってできますか？	ho.ka.no./ho.te.ru.ni./i.do.u./su.ru.n./de.su.ga./ni.mo.tsu.o./o.ku.ru.ko.to.tte./de.ki.ma.su.ka.
我想把行李寄到下一間旅館。	次(つぎ)のホテルに荷物(にもつ)を送(おく)りたいんです。	tsu.gi.no./ho.te.ru.ni./ni.mo.tsu.o./o.ku.ri.ta.i.n./de.su.
要怎麼樣寄送？	どうやったら送(おく)れますか？	do.u.ya.tta.ra./o.ku.re.ma.su.ka.
可以寄宅配。	宅急便(たっきゅうびん)で送(おく)れます。	ta.kkyu.u.bi.n.de./o.ku.re.ma.su.
後天應該會送到。	明後日(あさって)には届(とど)くと思(おも)います。	a.sa.tte.ni.wa./to.do.ku.to./o.mo.i.ma.su.
不好意思，我想把這個寄到台灣。	すみません。このはがきを台湾(たいわん)に送(おく)りたいのですが。	su.mi.ma.se.n./ko.no./ha.ga.ki.o./ta.i.wa.n.ni./o.ku.ri.ta.i.no./de.su.ga.

今天會有寄給我的包裹，請幫我收件。	今日(きょう)、私宛(わたしあて)の荷物(にもつ)が届(とど)くので受(う)け取(と)っておいてください。 kyo.u./wa.ta.shi.a.te.no./ni.mo.tsu.ga./to.do.ku./no.de./u.ke.to.tte./o.i.te./ku.da.sa.i.
可以幫我寄這個嗎？	これを送(おく)ってもらえますか？ ko.re.o./o.ku.tte./mo.ra.e.ma.su.ka.
哪裡有賣郵票？	切手(きって)はどこで売(う)っていますか？ ki.tte.wa./do.ko.de./u.tte./i.ma.su.ka.
我想用掛號寄這個。	これを書留(かきとめ)で送(おく)りたいのですが。 ko.re.o./ka.ki.to.me.de./o.ku.ri.ta.i.no./de.su.ga.
寄這個到台灣用什麼方法最快。	これを台湾(たいわん)に送(おく)るのに一番早(いちばんはや)い方法(ほうほう)は何(なん)ですか？ ko.re.o./ta.i.wa.n.ni./o.ku.ru./no.ni./i.chi.ba.n./ha.ya.i./ho.u.ho.u.wa./na.n./de.su.ka.
用航空郵件寄這封信到美國要多少錢？	この手紙(てがみ)をエアメールでアメリカに送(おく)るのはいくらですか？ ko.no./te.ga.mi.o./e.a.me.e.ru.de./a.me.ri.ka.ni./o.ku.ru.no.wa./i.ku.ra./de.su.ka.

★單字急救包

航空郵件	エアメール	e.a.me.e.ru.
小包包裹	小包（こづつみ）	ko.zu.tsu.mi.
寄件編號	追跡番号（ついせきばんごう）	tsu.i.se.ki.ba.n.go.u.
保險	保険（ほけん）	ho.ke.n.
易碎品	割れ物（われもの）	wa.re.mo.no.
船運	船便（ふなびん）	fu.na.bi.n.
空運	航空便（こうくうびん）	ko.u.ku.u.bi.n.
寄件人	差出人（さしだしにん）	sa.shi.da.shi.ni.n.
收件人	受取人（うけとりにん）	u.ke.to.ri.ni.n.
小心輕放	取扱注意（とりあつかいちゅうい）	to.ri.a.tsu.ka.i./chu.u.i.
寄送資費	配送料（はいそうりょう）	ha.i.so.u.ryo.u.
貨到付款	着払い（ちゃくばらい）	cha.ku.ba.ra.i.
寄件人付款	元払い（もとばらい）	mo.to.ba.ra.i.

第 10 章 突發狀況

感冒不適

MP3 73

好像感冒了。	風邪（かぜ）を引（ひ）いたようです。 ka.ze.o./hi.i.ta./yo.u./de.su.
發燒了。	熱（ねつ）があります。 ne.tsu.ga./a.ri.ma.su.
身體發冷。	寒気（さむけ）がします。 sa.mu.ke.ga./shi.ma.su.
打了流感疫苗。	インフルエンザの予防接種（よぼうせっしゅ）を受（う）けました。 i.n.fu.ru.e.n.za.no./yo.bo.u.se.sshu.o./u.ke.ma.shi.ta.
好像得了流感。	インフルエンザにかかったみたいです。 i.n.fu.ru.e.n.za.ni./ka.ka.tta./mi.ta.i./de.su.
感冒一直好不了。	風邪（かぜ）がなかなか治（なお）りません。 ka.ze.ga./na.ka.na.ka./na.o.ri.ma.se.n.

退燒了。	熱(ねつ)が下(さ)がりました。 ne.tsu.ga./sa.ga.ri.ma.shi.ta.
已經不想吐了。	吐(は)き気(け)が治(おさ)まりました。 ha.ki.ke.ga./o.sa.ma.ri.ma.shi.ta.
我來幫你量體溫。	熱(ねつ)を計(はか)りましょうね。 ne.tsu.o./ha.ka.ri.ma.sho.u.ne.
咳得很嚴重。	ひどい咳(せき)が出(で)ます。 hi.do.i./se.ki.ga./de.ma.su.
還有痰。	痰(たん)も出(で)ます。 ta.n.mo./de.ma.su.
喉嚨有痰非常難受。	喉(のど)に痰(たん)が絡(から)んで苦(くる)しいです。 no.do.ni./ta.n.ga./ka.ra.n.de./ku.ru.shi.i./de.su.

沒食欲。	食欲（しょくよく）がありません。 sho.ku.yo.ku.ga./a.ri.ma.se.n.
想吐。	吐（は）き気（け）がします。 ha.ki.ke.ga./shi.ma.su.
身體有倦怠感。	体（からだ）がだるいんです。 ka.ra.da.ga./da.ru.i.n./de.su.
身體的關節很痛。	体（からだ）の節々（ふしぶし）が痛（いた）みます。 ka.ra.da.no./fu.shi.bu.shi.ga./i.ta.mi.ma.su.
因為嚴重頭痛而覺得煩惱。	ひどい偏頭痛（へんずつう）に悩（なや）んでいます。 hi.do.i./he.n.zu.tsu.u.ni./na.ya.n.de./i.ma.su.
現在鼻塞。	鼻（はな）が詰（つ）まっています。 ha.na.ga./tsu.ma.tte./i.ma.su.

過敏疼痛

MP3 74

因為花粉症而流鼻水。	花粉症(かふんしょう)で鼻水(はなみず)が出(で)ます。
	ka.fu.n.sho.u.de./ha.na.mi.zu.ga./de.ma.su.
打噴嚏停不下來。	くしゃみが止(と)まりません。
	ku.sha.mi.ga./to.ma.ri.ma.se.n.
是花粉症。	花粉症(かふんしょう)です。
	ka.fu.n.sho.u./de.su.
鼻水直流停不下來。	鼻水(はなみず)が止(と)まらないんです。
	ha.na.mi.zu.ga./to.ma.ra.na.i.n./de.su.
鼻子很癢。	鼻(はな)がむずむずします。
	ha.na.ga./mu.zu.mu.zu./shi.ma.su.
因為花粉症而難受。	花粉症(かふんしょう)で苦(くる)しいです。
	ka.fu.n.sho.u.de./ku.ru.shi.i./de.su.

疼痛已經緩解。	痛（いた）みがやわらぎました。 i.ta.mi.ga./ya.wa.ra.gi.ma.shi.ta.
不癢了。	かゆみを抑（おさ）えました。 ka.yu.mi.o./o.sa.e.ma.shi.ta.
出現濕疹。	湿疹（しっしん）が出（で）ます。 shi.sshi.n.ga./de.ma.su.
全身都很癢。	全身（ぜんしん）がかゆいです。 ze.n.shi.n.ga./ka.yu.i./de.su.
手臂出現蕁麻疹，非常癢。	腕（うで）に蕁麻（じんま）しんが出（で）てとてもかゆいです。 u.de.ni./ji.n.ma.shi.n.ga./de.te./to.te.mo./ka.yu.i.de.su.
腿後方出現疹子。	足（あし）の後（うし）ろに発疹（はっしん）が出（で）ました。 a.shi.no./u.shi.ro.ni./ha.sshi.n.ga./de.ma.shi.ta.

喝了啤酒後身體變癢。	ビールを飲むと体が痒くなりました。 bi.i.ru.o./no.mu.to./ka.ra.da.ga./ka.yu.ku./na.ri.ma.shi.ta.
不小心吃了含過敏源的食物。	アレルギーのあるものを食べてしまいました。 a.re.ru.gi.i.no./a.ru./mo.no.o./ta.be.te./shi.ma.i.ma.shi.ta.
我對蝦子過敏。	私はエビアレルギーです wa.ta.shi.wa./e.bi.a.re.ru.gi.i./de.su.
眼睛很癢。	目がかゆいです。 me.ga./ka.yu.i./de.su.
因為花粉症而眼眶泛淚。	花粉症で涙目になりました。 ka.fu.n.sho.u.de./na.mi.da.me.ni./na.ri.ma.shi.ta.
出現了症狀。	症状が出てしまいました。 sho.u.jo.u.ga./de.te./shi.ma.i.ma.shi.ta.

暈機暈車

MP3 75

很容易暈(車)	乗り物酔いしやすいんです。 no.ri.mo.no.yo.i./shi.ya.su.i.n./de.su.
有暈車藥嗎？	酔い止めの薬はありますか？ yo.i.do.me.no./ku.su.ri.wa./a.ri.ma.su.ka
頭重腳輕。	足元がフラフラします。 a.shi.mo.to.ga./fu.ra.fu.ra./shi.ma.su.
覺得頭暈。	めまいがします。 me.ma.i.ga./shi.ma.su.
請給我暈機藥。	何か飛行機酔いの薬をください。 na.ni.ka./hi.ko.u.ki.yo.i.no./ku.su.ri.o./ku.da.sa.i.
有嘔吐袋嗎？	エチケット袋はありますか？ e.chi.ke.tto.bu.ku.ro.wa./a.ri.ma.su.ka.

總是暈船。	いつも船酔（ふなよ）いするんです。 i.tsu.mo./fu.na.yo.i./su.ru.n./de.su.
每次搭飛機都會吃暈機藥。	飛行機（ひこうき）に乗（の）るたびに酔（よ）い止（ど）め薬（ぐすり）を飲（の）みます。 hi.ko.u.ki.ni./no.ru./ta.bi.ni./yo.i.do.me.gu.su.ri.o./no.mi.ma.su.
想吐。	吐（は）き気（け）を催（もよお）します。 ha.ki.ke.o./mo.yo.o.shi.ma.su.
因為暈機覺得頭暈。	飛行機酔（ひこうきよ）いして目（め）が回（まわ）ります。 hi.ko.u.ki.yo.i./shi.te./me.ga./ma.wa.ri.ma.su.
如果暈(機)，請用這個袋子。	酔（よ）った場合（ばあい）は、この袋（ふくろ）をご使用（しよう）ください。 yo.tta./ba.a.i.wa./ko.no./fu.ku.ro.o./go.shi.yo.u./ku.da.sa.i.
容易暈(車)的人，坐前方的位子比較好。	乗物酔（のりものよ）いしやすい人（ひと）は前（まえ）の座席（ざせき）に座（すわ）ったほうがいいです。 no.ri.mo.no.yo.i./shi.ya.su.i./hi.to.wa./ma.e.no./za.se.ki.ni./su.wa.tta./ho.u.ga.i.i.de.su.

開在風很大的道路上容易暈車。	風が強い道を走るとひどく酔うんです。 ka.ze.ga./tsu.yo.i./mi.chi.o./ha.shi.ru.to./hi.do.ku./yo.u.n./de.su.
開始覺得暈車。	車酔いを感じ始めました。 ku.ru.ma.yo.i.o./ka.n.ji.ha.ji.me.ma.shi.ta.
坐車長距離移動，總是暈車。	車で長旅すると、いつも酔います。 ku.ru.ma.de./na.ga.ta.bi./su.ru.to./i.tsu.mo./yo.i.ma.su.
坐上開山路的車子，就暈車了。	山道を運転する車に乗ったら、酔ってしまいました。 ya.ma.mi.chi.o./u.n.te.n.su.ru./ku.ru.ma.ni./no.tta.ra./yo.tte./shi.ma.i.ma.shi.ta.
正在冒冷汗。	冷や汗が出てます。 hi.ya.a.se.ga./de.te.ma.su.
氣色變得很差。	顔色が悪くなりました。 ka.o.i.ro.ga./wa.ru.ku./na.ri.ma.shi.ta.

身體不適 (1)

MP3 76

耳朵很痛。	耳(みみ)が痛(いた)みます。 mi.mi.ga./i.ta.mi.ma.su.
喉嚨痛 (發炎)。	喉(のど)がいがらっぽいです。 no.do.ga./i.ga.ra.ppo.i./de.su.
不停地打嗝。	しゃっくりが止(と)まりません。 sha.kku.ri.ga./to.ma.ri.ma.se.n.
食物中毒了。	食(た)べ物(もの)に当(あ)たりました。 ta.be.mo.no.ni./a.ta.ri.ma.shi.ta.
因為食物中毒，身體很不舒服。	食中毒(しょくちゅうどく)にかかって、気分(きぶん)がとても悪(わる)いです。 sho.ku.chu.u.do.ku.ni./ka.ka.tte./ki.bu.n.ga./to.te.mo./wa.ru.i./de.su.
肚子很痛，還吐了。	お腹(なか)が痛(いた)くなって吐(は)いてしまいました。 o.na.ka.ga./i.ta.ku.na.tte./ha.i.te./shi.ma.i.ma.shi.ta.

吃生牡蠣而食物中毒。	生牡蠣(なまがき)にあたってしまいました。 na.ma.ga.ki.ni./a.ta.tte./shi.ma.i.ma.shi.ta.
眼睛感到灼熱疼痛。	目(め)が焼(や)けるように痛(いた)いんです。 me.ga.ya.ke.ru./yo.u.ni./i.ta.i.n./de.su.
眼裡有異物感。	目(め)の中(なか)がゴロゴロします。 me.no.na.ka.ga./go.ro.go.ro./shi.ma.su.
眼睛充血。	目(め)が充血(じゅうけつ)しています。 me.ga./ju.u.ke.tsu.shi.te./i.ma.su.
視線模糊。	視界(しかい)がぼやけます。 shi.ka.i.ga./bo.ya.ke.ma.su.
出現疊影。	ものが二重(にじゅう)に見(み)えます。 mo.no.ga./ni.ju.u.ni./mi.e.ma.su.

眼皮跳個不停。	まぶたがピクピクして止まりません。	ma.bu.ta.ga./pi.ku.pi.ku.shi.te./to.ma.ri.ma.se.n.
左眼得了針眼。	左目にものもらいができました。	hi.da.ri.me.ni./mo.no.mo.ra.i.ga./de.ki.ma.shi.ta.
一邊的耳朵聽不見。	片方の耳が聞こえません。	ka.ta.ho.u.no./mi.mi.ga./ki.ko.e.ma.se.n.
吞口水時耳朵很痛。	つばを飲み込むと耳が痛みます。	tsu.ba.o./no.mi.ko.mu.to./mi.mi.ga./i.ta.mi.ma.su.
覺得耳鳴。	耳鳴りがします。	mi.mi.na.ri.ga./shi.ma.su.
耳朵感覺塞住。	耳が詰まっている感じがします。	mi.mi.ga./tsu.ma.tte./i.ru./ka.n.ji.ga./shi.ma.su.

身體不適 (2)

MP3 77

牙齒陣陣疼痛。	歯（は）がずきずき痛（いた）みます。 ha.ga./zu.ki.zu.ki./i.ta.mi.ma.su.
冰冷的東西讓牙齒酸痛。	冷（つめ）たいものが歯（は）にしみます。 tsu.me.ta.i.mo.no.ga./ha.ni./shi.mi.ma.su.
牙齒會搖。	歯（は）がぐらぐらしています。 ha.ga./gu.ra.gu.ra.shi.te./i.ma.su.
牙齦腫起來了。	歯茎（はぐき）が腫（は）れています。 ha.gu.ki.ga./ha.re.te./i.ma.su.
吃蘋果時牙齒缺了一角。	りんごを食（た）べていたら歯（は）が欠（か）けました。 ri.n.go.o./ta.be.te./i.ta.ra./ha.ga./ka.ke.ma.shi.ta.
牙齒的填充物掉了。	歯（は）の詰（つ）め物（もの）が取（と）れてしまいました。 ha.no./tsu.me.mo.no.ga/to.re.te./shi.ma.i.ma.shi.ta.

落枕了脖子很痛。	寝違(ねちが)えて首(くび)が痛(いた)いです。	ne.chi.ga.e.te./ku.bi.ga./i.ta.i./de.su.
胸口有壓迫感。	胸(むね)が締(し)め付(つ)けられるような感(かん)じがします。	mu.ne.ga./shi.me.tsu.ke.ra.re.ru./yo.u.na./ka.n.ji.ga./shi.ma.su.
呼吸困難。	息(いき)が苦(くる)しいです。	i.ki.ga./ku.ru.shi.i./de.su.
會心悸。	動悸(どうき)がします	do.u.ki.ga./shi.ma.su.
胸口灼熱。	胸焼(むねや)けがします。	mu.ne.ya.ke.ga./shi.ma.su.
胃不舒服。	胃(い)がムカムカします。	i.ga./mu.ka.mu.ka./shi.ma.su.

脹氣。	お腹(なか)が張(は)っています。	o.na.ka.ga./ha.tte./i.ma.su.
發生了胃抽筋。	胃(い)けいれんを起(お)こしました。	i.ke.i.re.n.o./o.ko.shi.ma.shi.ta.
嚴重腹瀉。	ひどい下痢(げり)なんですが。	hi.do.i./ge.ri./na.n./de.su.ga.
排便不順暢 (便祕)。	お通(つう)じがよくないです。	o.tsu.u.ji.ga./yo.ku.na.i./de.su.
在找生理痛的藥。	生理痛(せいりつう)の薬(くすり)を探(さが)しています。	se.i.ri.tsu.u.no./ku.su.ri.o./sa.ga.shi.te./i.ma.su.
吃太多胃部不舒服。	胃(い)もたれしています。	i.mo.ta.re./shi.te./i.ma.su.

受傷 (1)

MP3 78

肩膀好像脫臼了。	肩（かた）を脱臼（だっきゅう）したみたいです。 ka.ta.o./da.kkyu.u.shi.ta./mi.ta.i./de.su.
按這裡的話就會痛。	ここを押（お）すと痛（いた）みます。 ko.ko.o./o.su.to./i.ta.mi.ma.su.
完全動不了。	全然（ぜんぜん）動（うご）かせません。 ze.n.ze.n./u.go.ka.se.ma.se.n.
還是覺得怪怪的不順暢。	まだギクシャクするみたいですが。 ma.da./gi.ku.sha.ku./su.ru./mi.ta.i./de.su.ga.
不小心跌倒撞到頭。	転（ころ）んじゃって頭（あたま）を打（う）ちました。 ko.ro.n.ja.tte./a.ta.ma.o./u.chi.ma.shi.ta.
不小心割破手指。	指（ゆび）を切（き）ってしまいました。 yu.bi.o./ki.tte./shi.ma.i.ma.shi.ta.

止不住血。	血(ち)が止(と)まりません。 chi.ga./to.ma.ri.ma.se.n.
手肘上有瘀青。	ひじにあざができました。 hi.ji.ni./a.za.ga./de.ki.ma.shi.ta.
手指挫傷。	突(つ)き指(ゆび)をしました。 tsu.ki.yu.bi.o./shi.ma.shi.ta.
滑倒撞到了手肘。	足(あし)を滑(すべ)らせて、肘(ひじ)を打(う)ってしまいました。 a.shi.o./su.be.ra.se.te./hi.ji.o./u.tte./shi.ma.i.ma.shi.ta.
滑倒而撞傷。	滑(すべ)って打撲(だぼく)しました。 su.be.tte./da.bo.ku./shi.ma.shi.ta.
腳尖不小心踢到東西。	つま先(さき)をぶつけてしまったんです。 tsu.ma.sa.ki.o./bu.tsu.ke.te./shi.ma.tta.n./de.su.

皮膚刺痛。	肌(はだ)がピリピリします。 ha.da.ga./pi.ri.pi.ri./shi.ma.su.
鞋子磨腳造成腳踝破皮疼痛。	靴(くつ)ずれしてくるぶしがヒリヒリしてます。 ku.tsu.zu.re./shi.te./ku.ru.bu.shi.ga./hi.ri.hi.ri./shi.te./ma.su.
不小心閃到腰。	ぎっくり腰(ごし)になってしまいました。 gi.kku.ri.go.shi.ni./na.tte./shi.ma.i.ma.shi.ta.
膝蓋擦傷了。	膝(ひざ)を擦(す)りむきました。 hi.za.o./su.ri.mu.ki.ma.shi.ta.
滑雪時腳骨折了。	スキーをしていて足(あし)の骨(ほね)を折(お)ってしまいました。 su.ki.i.o./shi.te./i.te./a.shi.no.ho.ne.o./o.tte./shi.ma.i.ma.shi.ta.
手腕好像扭傷了。	手首(てくび)を捻挫(ねんざ)したみたいです。 te.ku.bi.o./ne.n.za.shi.ta./mi.ta.i./de.su.

受傷 (2)

MP3 79

腳麻。	足（あし）がしびれます。 a.shi.ga./shi.bi.re.ma.su.
腳抽筋了。	足（あし）がつってしまいました。 a.shi.ga./tsu.tte./shi.ma.i.ma.shi.ta.
小腿抽筋了！	こむら返（がえ）りが起（お）きた！ ko.mu.ra.ga.e.ri.ga./o.ki.ta.
大腿拉傷了。	太（ふと）ももに肉離（にくばな）れを起（お）こしました。 fu.to.mo.mo.ni./ni.ku.ba.na.re.o./o.ko.shi.ma.shi.ta.
全身肌肉痠痛。	全身筋肉痛（ぜんしんきんにくつう）です。 ze.n.shi.n./ki.n.ni.ku.tsu.u./de.su.
好像扭傷了。	捻挫（ねんざ）したみたいです。 ne.n.za.shi.ta./mi.ta.i./de.su.

被蚊子叮腫起來了。	蚊に刺されてかぶれています。 ka.ni./sa.sa.re.te./ka.bu.re.te./i.ma.su.
皮膚狀況很糟糕。	肌荒れがひどいのです。 ha.da.a.re.ga./hi.do.i.no./de.su.
因為乾燥手裂開了。	乾燥で手が切れました。 ka.n.so.u.de./te.ga./ki.re.ma.shi.ta.
腳跟裂開了。	かかとにひび割れが起きてしまいました。 ka.ka.to.ni./hi.bi.wa.re.ga./o.ki.te./shi.ma.i.ma.shi.ta.
燙傷了。	やけどしまいました。 ya.ke.do./shi.ma.i.ma.shi.ta.
進行水上活動而晒傷。	マリンスポーツで日焼けしちゃいました。 ma.ri.n.su.po.o.tsu.de./hi.ya.ke./shi.cha.i.ma.shi.ta.

★單字急救包

傷	傷（きず）	ki.zu.
傷痕	傷跡（きずあと）	ki.zu.a.to.
發炎	炎症（えんしょう）	e.n.sho.u.
痘	ニキビ	ni.ki.bi.
繭	たこ	ta.ko.
水泡	水膨れ（みずぶくれ）	mi.zu.bu.ku.re.
刀傷、割傷	切り傷（きりきず）	ki.ri.ki.zu.
韌帶	靭帯（じんたい）	ji.n.ta.i.
骨折	骨折（こっせつ）	ko.sse.tsu.
出血	出血（しゅっけつ）	shu.kke.tsu.
跌倒	転ぶ（ころぶ）	ko.ro.bu.
絆腳	つまずく	tsu.ma.zu.ku.
滑倒	滑る（すべる）	su.be.ru.

藥品藥效

MP3 80

是第一次來這個藥局嗎？	この薬局(やっきょく)は初(はじ)めてですか？ ko.no./ya.kkyo.ku.wa./ha.ji.me.te./de.su.ka.
有處方箋嗎？	処方(しょほう)せんをお持(も)ちですか？ sho.ho.u.se.n.o./o.mo.chi./de.su.ka.
如果有不明白的地方，請發問。	不明(ふめい)な点(てん)があれば、ご質問(しつもん)ください。 fu.me.i.na.te.n.ga./a.re.ba./go.shi.tsu.mo.n./ku.da.sa.i.
請仔細閱讀注意事項。	注意書(ちゅういが)きをよく読(よ)んでください shu.u.i.ga.ki.o./yo.ku./yo.n.de./ku.da.sa.i.
有塗抹的藥嗎？	塗(ぬ)り薬(ぐすり)はありますか？ nu.ri.gu.su.ri.wa./a.ri.ma.su.ka.
吃了這個藥會想睡嗎？	この薬(くすり)を飲(の)むと眠(ねむ)くなりますか？ ko.no./ku.su.ri.o./no.mu.to./ne.mu.ku./na.ri.ma.su.ka.

請給我這個處方箋的藥。	この処方せんの薬をお願いします。 ko.no./sho.ho.u.se.n.no./ku.su.ri.o./o.ne.ga.i./shi.ma.su.
可以開給我治療胃痛更強效的藥嗎？	胃痛に効くもっと強い薬を処方してもらえますか？ i.tsu.u.ni./ki.ku./mo.tto./tsu.yo.i./ku.su.ri.o./sho.ho.u.shi.te./mo.ra.e.ma.su.ka.
有止牙痛的藥嗎？	歯痛を抑える薬はありますか？ shi.tsu.u.o./o.sa.e.ru./ku.su.ri.wa./a.ri.ma.su.ka.
有副作用嗎？	副作用はありますか？ fu.ku.sa.yo.u.wa./a.ri.ma.su.ka.
1天要吃幾次？	1日に何回飲めばいいのですか？ i.chi.ni.chi.ni./na.n.ka.i./no.me.ba./i.i.no./de.su.ka.
想要吃了不嗜睡的藥。	眠くならない薬がほしいです。 ne.mu.ku./na.ra.na.i./ku.su.ri.ga./ho.shi.i./de.su.

★單字急救包

藥錠	じょうざい 錠剤	jo.u.za.i.
膠囊	カプセル	ka.pu.se.ru.
藥粉	こなぐすり 粉薬	ko.na.gu.su.ri.
藥水	ざい シロップ剤	shi.ro.ppu.za.i.
中藥	かんぽうやく 漢方薬	ka.n.po.u.ya.ku.
市售成藥	しはんやく 市販薬	shi.ha.n.ya.ku.
抗生素	こうせいぶっしつ 抗生物質	ko.u.se.i.bu.sshi.tsu.
維他命	ざい ビタミン剤	bi.ta.mi.n.za.i.
止痛劑	ちんつうざい 鎮痛剤	chi.n.tsu.u.za.i.
軟膏	なんこう 軟膏	na.n.ko.u.
耳塞	みみせん 耳栓	mi.mi.se.n.
眼藥水	めぐすり 目薬	me.gu.su.ri.
瀉藥	げざい 下剤	ge.za.i.

急救箱常備藥

MP3 81

有急救箱嗎？	救急箱（きゅうきゅうばこ）はありますか？ kyu.u.kyu.u.ba.ko.wa./a.ri.ma.su.ka.
哪裡可以買到常備藥品呢？	どこで常備薬（じょうびやく）を買（か）えますか？ do.ko.de./jo.u.bi.ya.ku.o./ka.e.ma.su.ka.
可以借我剪刀嗎？	ハサミを借（か）りることができますか？ ha.sa.mi.o./ka.ri.ru.ko.to.ga./de.ki.ma.su.ka.
我在找胃腸藥。	胃腸薬（いちょうやく）を探（さが）しているのですが。 i.cho.u.ya.ku.o./sa.ga.shi.te./i.ru.no./de.su.ga.
總是隨身攜帶急救包。	いつも救急（きゅうきゅう）セットを持（も）ち歩（ある）いています。 i.tsu.mo./kyu.u.kyu.u.se.tto.o./mo.chi.a.ru.i.te./i.ma.su.
請幫我受傷的朋友進行緊急處置。	怪我（けが）した友達（ともだち）に応急手当（おうきゅうてあて）をしてください。 ke.ga.shi.ta./to.mo.da.chi.ni./o.u.kyu.u.te.a.te.o./shi.te./ku.da.sa.i.

★單字急救包

急救箱	救急箱（きゅうきゅうばこ）	kyu.u.kyu.u.ba.ko.
繃帶	包帯（ほうたい）	ho.u.ta.i.
痠痛貼布	湿布（しっぷ）	shi.ppu.
棉花棒	綿棒（めんぼう）	me.n.bo.u.
噴霧	スプレー	su.pu.re.e.
尿布	おむつ	o.mu.tsu.
漱口藥水	うがい薬（ぐすり）	u.ga.i.gu.su.ri.
口罩	マスク	ma.su.ku.
指甲刀	爪切り（つめき）	tsu.me.ki.ri.
剪刀	ハサミ	ha.sa.mi.
透氣膠帶	サージカルテープ	sa.a.ji.ka.ru.te.e.pu.
液體 OK 繃	エキバン	e.ki.ba.n.
安眠藥	睡眠薬（すいみんやく）	su.i.mi.n.ya.ku.

★單字急救包

冰袋	アイスパック	a.i.su.pa.kku.
紗布	ガーゼ	ga.a.ze.
消毒水	消毒薬（しょうどくやく）	sho.u.do.ku.ya.ku.
碘酒	ヨードチンキ	yo.o.do.chi.n.ki.
酒精	アルコール	a.ru.ko.o.ru.
棉花	脱脂綿（だっしめん）	da.sshi.me.n.
乳膠手套	ゴム手袋（てぶくろ）	go.mu.te.bu.ku.ro.
OK 繃	バンドエイド	ba.n.do.e.i.do.
鑷子	ピンセット	pi.n.se.tto.
體重計	体重計（たいじゅうけい）	ta.i.ju.u.ke.i.
體溫計	体温計（たいおんけい）	ta.i.o.n.ke.i.
血壓計	血圧計（けつあつけい）	ke.tsu.a.tsu.ke.i.
血糖機	血糖測定器（けっとうそくていき）	ke.tto.u.so.ku.te.i.ki.

醫院

MP3 82

請叫醫生來。	お医者(いしゃ)さんを呼(よ)んでください。 o.i.sha.sa.n.o./yo.n.de./ku.da.sa.i.
最好還是就醫。	医者(いしゃ)に診(み)てもらった方(ほう)がいいです。 i.sha.ni./mi.te./mo.ra.tta./ho.u.ga./i.i./de.su.
看診時間是幾點到幾點呢？	診療時間(しんりょうじかん)は何時(なんじ)から何時(なんじ)までですか？ shi.n.ryo.u.ji.ka.n.wa./na.n.ji./ka.ra./na.n.ji./ma.de./de.su.ka.
是初診。	初診(しょしん)です。 sho.shi.n./de.su.
我沒有健康保險卡。	健康保険証(けんこうほけんしょう)は持(も)っていませんが。 ke.n.ko.u.ho.ke.n.sho.u.wa./mo.tte./i.ma.se.n.ga.
請填寫初診問卷。	問診表(もんしんひょう)に必要(ひつよう)なことを記入(きにゅう)してください。 mo.n.shi.n.hyo.u.ni./hi.tsu.yo.u.na./ko.to.o./ki.nyu.u.shi.te./ku.da.sa.i.

我想看眼科。	眼科(がんか)を受診(じゅしん)したいのですが。 ga.n.ka.o./ju.shi.n.shi.ta.i.no./de.su.ga.
我沒預約，但需要立即看診。	予約(よやく)をしていませんが、急(いそ)ぎの診察(しんさつ)が必要(ひつよう)です。 yo.ya.ku.o./shi.te./i.ma.se.n.ga./i.so.gi.no./shi.n.sa.ga./hi.tsu.yo.u./de.su.
我沒有掛號單。	診察券(しんさつけん)を持(も)っていません。 shi.n.sa.tsu.ke.n.o./mo.tte./i.ma.se.n.
我想去這間醫院，可以請你帶我去嗎？	この病院(びょういん)に行(い)きたいんです。連(つ)れて行(い)ってもらえますか？ ko.no./byo.u.i.n.ni./i.ki.ta.i.n./de.su./tsu.re.te./i.tte./mo.ra.e.ma.su.ka.
想讓鈴木醫師看診。	鈴木先生(すずきせんせい)に診(み)ていただきたいです。 su.zu.ki.se.n.se.i.ni./mi.te./i.ta.da.ki.ta.i.de.su.
大約需要多少自費費用？	自己負担費用(じこふたんひよう)はいくらぐらいですか？ ji.ko.fu.ta.n.hi.yo.u.wa./i.ku.ra./gu.ra.i./de.su.ka.

我想量血壓。	血圧(けつあつ)を測(はか)りたいのですが。	ke.tsu.a.tsu.o./ha.ka.ri.ta.i.no./de.su.ga.
需要住院嗎？	入院(にゅういん)する必要(ひつよう)はありますか？	nyu.u.i.n.su.ru./hi.tsu.yo.u.wa./a.ri.ma.su.ka.
需要立刻看診。	すぐに診(み)てもらう必要(ひつよう)があります。	su.gu.ni./mi.te./mo.ra.u./hi.tsu.yo.u.ga./a.ri.ma.su.
有沒有特別需要注意的地方？	とくに注意(ちゅうい)することはありますか？	to.ku.ni./chu.u.i.su.ru./ko.to.wa./a.ri.ma.su.ka.
收據上有申請保險必需的資訊嗎？	保険請求(ほけんせいきゅう)に必要(ひつよう)な情報(じょうほう)は領収書(りょうしゅうしょ)に含(ふく)まれていますか？	ho.ke.n.se.i.kyu.u.ni./hi.tsu.yo.u.na./jo.u.ho.u.wa./ryo.u.shu.u.sho.ni./fu.ku.ma.re.te./i.ma.su.ka.
請給我可以提供給保險公司的診斷書。	保険会社(ほけんがいしゃ)に提出(ていしゅつ)するので診断書(しんだんしょ)をください。	ho.ke.n.ga.i.sha.ni./te.i.shu.tsu.su.ru.no.de./shi.n.da.n.sho.o./ku.da.sa.i.

遺失物品

MP3 83

我的錢包被偷了。	私の財布が盗まれました。 wa.ta.shi.no./sa.i.fu.ga./nu.su.ma.re.ma.shi.ta.
信用卡不見了。	クレジットカードがなくなりました。 ku.re.ji.tto.ka.a.do.ga./na.ku.na.ri.ma.shi.ta.
請註銷我的卡片。	私のカードを無効にしてください。 wa.ta.shi.no./ka.a.do.o./mu.ko.u.ni./shi.te./ku.da.sa.i.
包包被搶走了。	バッグをひったくられました。 ba.ggu.o./hi.tta.ku.ra.re.ma.shi.ta.
包包被偷了。	バッグを盗まれました。 ba.ggu.o./nu.su.ma.re.ma.shi.ta.
把錢包忘在計程車上了。	タクシーに財布を忘れてしまいました。 ta.ku.shi.i.ni./sa.i.fu.o./wa.su.re.te./shi.ma.i.ma.shi.ta.

護照被偷了。	パスポートを盗（ぬす）まれてしまいました。 pa.su.po.o.to.o./nu.su.ma.re.te./shi.ma.i.ma.shi.ta.
我想是在遊樂園弄丟了錢包。	遊園地（ゆうえんち）で財布（さいふ）をなくしたと思（おも）います。 yu.u.e.n.chi.de./sa.i.fu.o./na.ku.shi.ta.to./o.mo.i.ma.su.
我想應該沒掉在路上。	道（みち）には落（お）としていないと思（おも）います。 mi.chi.ni.wa./o.to.shi.te./i.na.i.to./o.mo.i.ma.su.
是黑色的包包，裡面裝了錢包和護照。	黒（くろ）いかばんで、財布（さいふ）とパスポートを入（い）れていました。 ku.ro.i.ka.ba.n.de./sa.i.fu.to./pa.su.po.o.to.o./i.re.te./i.ma.shi.ta.
不知道在哪弄丟了錢包。	どこかで財布（さいふ）を紛失（ふんしつ）してしまいました。 do.ko.ka.de./sa.i.fu.o./fu.n.shi.tsu.shi.te./shi.ma.i.ma.shi.ta.
把雨傘忘在電車上了。	電車（でんしゃ）に傘（かさ）を置（お）き忘（わす）れてしまいました。 de.n.sha.ni./ka.sa.o./o.ki.wa.su.re.te./shi.ma.i.ma.shi.ta.

把卡片插在機器上就回家了。	カードを機械(きかい)に挿(さ)したまま帰(かえ)ってしまいました。 ka.a.do.o./ki.ka.i.ni./sa.shi.ta./ma.ma./ka.e.tte./shi.ma.i.ma.shi.ta.
可以告訴我大使館的電話嗎？	大使館(たいしかん)の電話番号(でんわばんごう)を教(おし)えていただけますか？ ta.i.shi.ka.n.no./de.n.wa.ba.n.go.u.o./o.shi.e.te./i.ta.da.ke.ma.su.ka.
可以給我遺失證明嗎？	紛失証明書(ふんしつしょうめいしょ)をくれますか？ fu.n.shi.tsu.sho.u.me.i.sho.o./ku.re.ma.su.ka.
可以重新發行嗎？	再発行(さいはっこう)していただけますか？ sa.i.ha.kko.u.shi.te./i.ta.da.ke.ma.su.ka.
找到包包的話可以送到這個地址嗎？	バッグが見(み)つかったらこの住所(じゅうしょ)に送(おく)ってくれますか？ ba.ggu.ga./mi.tsu.ka.tta.ra./ko.no./ju.u.sho.ni./o.ku.tte./ku.re.ma.su.ka.
一定要聯絡代表處嗎？	代表処(だいひょうしょ)に連絡(れんらく)しなければなりませんか？ da.i.hyo.u.sho.ni./re.n.ra.ku./shi.na.ke.re.ba./na.ri.ma.se.n.ka.

天然災害

MP3 84

發生地震。請打開門。	地震（じしん）です。ドアを開（あ）けてください。 ji.shi.n.de.su./do.a.o./a.ke.te./ku.da.sa.i.
火山爆發了。	火山（かざん）が噴火（ふんか）しました。 ka.za.n.ga./fu.n.ka./shi.ma.shi.ta.
海嘯來了。	津波（つなみ）が来（き）ています。 tsu.na.mi.ga./ki.te./i.ma.su.
因為強風所以電車暫停行駛。	強風（きょうふう）で電車（でんしゃ）が運休（うんきゅう）しています。 kyo.u.fu.u.de./de.n.sha.ga./u.n.kyu.u.shi.te./i.ma.su.
因為暴風雪的影響，地下鐵停止運轉了。	吹雪（ふぶき）の影響（えいきょう）で地下鉄（ちかてつ）が止（と）まっています。 fu.bu.ki.no./e.i.kyo.u.de./chi.ka.te.tsu.ga./to.ma.tte./i.ma.su.
因為大雪所以機場關閉了。	大雪（おおゆき）で空港（くうこう）は閉鎖（へいさ）されています。 o.o.yu.ki.de./ku.u.ko.u.wa./he.i.sa./sa.re.te./i.ma.su.

下了冰雹。	雹(ひょう)が降(ふ)りました。 hyo.u.ga./fu.ri.ma.shi.ta.
颱風好像會直接侵襲這個地區。	台風(たいふう)がこの地域(ちいき)を直撃(ちょくげき)するようです。 ta.i.fu.u.ga./ko.no./chi.i.ki.o./cho.ku.ge.ki.su.ru./yo.u./de.su.
希望颱風不要來。	台風(たいふう)がここに来(こ)ないことを祈(いの)ります。 ta.i.fu.u.ga./ko.ko.ni./ko.na.i./ko.to.o./i.no.ri.ma.su.
擔心因為豪雨而造成洪水。	豪雨(ごうう)による洪水(こうずい)が心配(しんぱい)です。 go.u.u.ni./yo.ru./ko.u.zu.i.ga./shi.n.pa.i./de.su.
吹著強風。	強(つよ)い風(かぜ)が吹(ふ)いています。 tsu.yo.i./ka.ze.ga./fu.i.te./i.ma.su.
昨天遇到了暴風雪。	昨日(きのう)、吹雪(ふぶき)に遭(あ)いました。 ki.no.u./fu.bu.ki.ni./a.i.ma.shi.ta.

今早發生了地震。	今朝地震が起きました。	ke.sa./ji.shi.n.ga./o.ki.ma.shi.ta.
發生了餘震。	余震が来ました。	yo.shi.n.ga./ki.ma.shi.ta.
這裡發生了大地震。	大きな地震がここを襲いました。	o.o.ki.na./ji.shi.n.ga./ko.ko.o./o.so.i.ma.shi.ta.
發生了好幾次餘震。	何度も余震がありました。	na.n.do.mo./yo.shi.n.ga./a.ri.ma.shi.ta.
避難所在哪裡？	避難場所はどこですか？	hi.na.n.ba.sho.wa./do.ko./de.su.ka.
為大家祈禱。	みなさんのために祈ります。	mi.na.sa.n.no./ta.me.ni./i.no.ri.ma.su.

人為災害

MP3 85

被車撞了。	車(くるま)にぶつけられました。 ku.ru.ma.ni./bu.tsu.ke.ra.re.ma.shi.ta.
我的家人受傷了。	家族(かぞく)がケガをしています。 ka.zo.ku.ga./ke.ga.o./shi.te./i.ma.su.
車子在眼前突然衝出來。	急(きゅう)に車(くるま)が目(め)の前(まえ)に飛(と)び出(だ)してきたんです。 kyu.u.ni./ku.ru.ma.ga./me.no.ma.e.ni./to.bi.da.shi.te./ki.ta.n.de.su.
那台車闖紅燈。	その車(くるま)は信号無視(しんごうむし)しました。 so.no./ku.ru.ma.wa./shi.n.go.u.mu.shi./shi.ma.shi.ta.
不是我的錯。	私(わたし)のせいではありません。 wa.ta.shi.no./se.i./de.wa./a.ri.ma.se.n.
被車子撞了。	車(くるま)にひかれました。 ku.ru.ma.ni./hi.ka.re.ma.shi.ta.

被車子從後面撞了。	車(くるま)が後(うし)ろからぶつけてきました。 ku.ru.ma.ga./u.shi.ro./ka.ra./bu.tsu.ke.te./ki.ma.shi.ta.
被捲入糾紛很困擾。	トラブルに巻(ま)き込(こ)まれて、困(こま)っています。 to.ra.bu.ru.ni./ma.ki.ko.ma.re.te./ko.ma.tte./i.ma.su.
不知該如何是好。	どうしていいかわからないのです。 do.u.shi.te./i.i.ka./wa.ka.ra.na.i.no./de.su.
發生了意外。	事故(じこ)がありました。 ji.ko.ga./a.ri.ma.shi.ta.
發生火災了！	火事(かじ)だ！ ka.ji.da.
有人受傷了。請幫忙搬運。	ケガ人(にん)がいます。運(はこ)ぶのを手伝(てつだ)ってください。 ke.ga.ni.n.ga./i.ma.su./ha.ko.bu.no.o./te.tsu.da.tte./ku.da.sa.i.

可以借我手機嗎？	携帯電話(けいたいでんわ)を貸(か)してもらえますか？	ke.i.ta.i.de.n.wa.o./ka.shi.te./mo.ra.e.ma.su.ka.
可以帶我去醫院嗎？	病院(びょういん)へ連(つ)れて行(い)ってもらえますか？	byo.u.i.n.e./tsu.re.te./i.tte./mo.ra.e.ma.su.ka.
請把滅火器拿來。	消火器(しょうかき)をとってください。	sho.u.ka.ki.o./to.tte./ku.da.sa.i.
有小偷！	泥棒(どろぼう)！	do.ro.bo.u.
抓住那個人！	あの人(ひと)を捕(つか)まえてください！	a.no.hi.to.o./tsu.ka.ma.e.te./ku.da.sa.i.
有可疑人物。	挙動不審(きょどうふしん)な人(ひと)がいます。	kyo.do.u.fu.shi.n.na./hi.to.ga./i.ma.su.

求救避難

MP3 86

請叫救護車。	救急車(きゅうきゅうしゃ)を呼(よ)んでください。 kyu.u.kyu.u.sha.o./yo.n.de./ku.da.sa.i.
需要救助。	助(たす)けが必要(ひつよう)です。 ta.su.ke.ga./hi.tsu.yo.u./de.su.
這個人好像受傷了。	この人(ひと)がケガをしているようです。 ko.no./hi.to.ga./ke.ga.o./shi.te.i.ru./yo.u./de.su.
有會說英語的人嗎？	英語(えいご)を話(はな)せる人(ひと)はいませんか？ e.i.go.o./ha.na.se.ru./hi.to.wa./i.ma.se.n.ka.
可以幫我找嗎？	探(さが)すのを手伝(てつだ)ってくれませんか？ sa.ga.su.no.o./te.tsu.da.tte./ku.re.ma.se.n.ka.
受傷了嗎？	ケガをしていますか？ ke.ga.o./shi.te./i.ma.su.ka.

我想申報竊盜案件。	盗難(とうなん)の届(とど)けを出(だ)したいです。 to.u.na.n.no./to.do.ke.o./da.shi.ta.i./de.su.
可以給我案件受理號碼嗎？	事故受付番号(じこうけつけばんごう)をいただけますか？ ji.ko.u.u.ke.tsu.ke.ba.n.go.u.o./i.ta.da.ke.ma.su.ka.
請帶我去大使館。	大使館(たいしかん)に連(つ)れて行(い)ってください。 ta.i.shi.ka.n.ni./tsu.re.te./i.tte./ku.da.sa.i.
請聯絡代表處。	代表処(だいひょうしょ)に連絡(れんらく)してください。 da.i.hyo.u.sho.ni./re.n.ra.ku.shi.te./ku.da.sa.i.
可以幫我打電話給警察嗎？	警察(けいさつ)に電話(でんわ)してもらえませんか？ ke.i.sa.tsu.ni./de.n.wa.shi.te./mo.ra.e.ma.se.n.ka.
請確保出入口暢通。	出入口(でいりぐち)を確保(かくほ)してください。 de.i.ri.gu.chi.o./ka.ku.ho.shi.te./ku.da.sa.i.

<table>
<tr><td rowspan="2">準備好災難時需要的水和食物。</td><td>災難に備えて水と食料を準備しておきます。</td></tr>
<tr><td>sa.i.na.n.ni./so.na.e.te./mi.zu.to.sho.ku.ryo.u.o./ju.n.bi.shi.te./o.ki.ma.su.</td></tr>
<tr><td rowspan="2">哪裡可以拿到援助物資？</td><td>どこで援助物資をもらえますか？</td></tr>
<tr><td>do.ko.de./e.n.jo.bu.sshi.o./mo.ra.e.ma.su.ka.</td></tr>
<tr><td rowspan="2">請快點遠離。</td><td>早く離れてください。</td></tr>
<tr><td>ha.ya.ku./ha.na.re.te./ku.da.sa.i.</td></tr>
<tr><td rowspan="2">請逃到高處。</td><td>高いところに逃げてください。</td></tr>
<tr><td>ta.ka.i.to.ko.ro.ni./ni.ge.te./ku.da.sa.i.</td></tr>
<tr><td rowspan="2">請立刻離開旅館避難。</td><td>直ちにホテルから避難してください。</td></tr>
<tr><td>ta.da.chi.ni./ho.te.ru.ka.ra./hi.na.n.shi.te./ku.da.sa.i.</td></tr>
<tr><td rowspan="2">最近的避難所是哪裡？</td><td>最寄りの避難所はどこですか？</td></tr>
<tr><td>mo.yo.ri.no/hi.na.n.jo.wa./do.ko./de.su.ka.</td></tr>
</table>

保険

MP3 87

請給我證明書以提供給保險公司。	保険会社(ほけんがいしゃ)に提出(ていしゅつ)するので証明書(しょうめいしょ)をください。 ho.ke.n.ga.i.sha.ni./te.i.shu.tsu.su.ru./no.de./sho.u.me.i.sho.o./ku.da.sa.i.
可以代為向保險公司確認嗎？	保険会社(ほけんがいしゃ)に確認(かくにん)してくれませんか？ ho.ke.n.ga.i.sha.ni./ka.ku.ni.n.shi.te./ku.re.ma.se.n.ka.
可以給我申請保險需要的資料嗎？	保険金請求(ほけんきんせいきゅう)に必要(ひつよう)な書類(しょるい)をもらえますか？ ho.ke.n.ki.n.se.i.kyu.u.ni./hi.tsu.yo.u.na./sho.ru.i.o./mo.ra.e.ma.su.ka.
我保了國外旅遊險。	海外旅行保険(かいがいりょこうほけん)に入(はい)っています。 ka.i.ga.i.ryo.ko.u.ho.ke.n.ni./ha.i.tte./i.ma.su.
保險能支付我的治療費。	私(わたし)の治療費(ちりょうひ)は保険(ほけん)でカバーされるんです wa.ta.shi.no./chi.ryo.u.hi.wa./ho.ke.n.de./ka.ba.a./sa.re.ru.n.de.su.
請給我診斷書的影本。	診断書(しんだんしょ)のコピーをいただけますか？ shi.n.da.n.sho.no./ko.pi.i.o./i.ta.da.ke.ma.su.ka.

需要向警察拿證明。	警察（けいさつ）から証明書（しょうめいしょ）をもらう必要（ひつよう）があるんです。 ke.i.sa.tsu.ka.ra./sho.u.me.i.sho.o./mo.ra.u./hi.tsu.yo.u.ga./a.ru.n./de.su.
可以給我竊盜遺失證明嗎？	盗難証明書（とうなんしょうめいしょ）をもらえますか？ to.u.na.n.sho.u.me.i.sho.o./mo.ra.e.ma.su.ka.
哪裡可以申請補償行李受損。	どこで荷物（にもつ）の損傷（そんしょう）の補償（ほしょう）を請求（せいきゅう）できますか？ do.ko.de./ni.mo.tsu.no./so.n.sho.u.no./ho.sho.u.o./se.i.kyu.u.de.ki.ma.su.ka.
請讓我打電話給保險公司。	保険会社（ほけんがいしゃ）に電話（でんわ）させてください。 ho.ke.n.ga.i.sha.ni./de.n.wa./sa.se.te./ku.da.sa.i.
讓警察和保險公司解決。	警察（けいさつ）と保険会社（ほけんがいしゃ）に解決（かいけつ）してもらいます。 ke.i.sa.tsu.to./ho.ke.n.ga.i.sha.ni./ka.i.ke.tsu.shi.te./mo.ra.i.ma.su.
這是保險合約的影本。	こちらが保険契約書（ほけんけいやくしょ）のコピーです。 ko.chi.ra.ga./ho.ke.n.ke.i.ya.ku.sho.no./ko.pi.i.de.su.

飛機停飛可以申請保險給付嗎？	欠航(けっこう)は保険金(ほけんきん)の支払対象(しはらいたいしょう)になりますか？ ke.kko.u.wa./ho.ke.n.ki.n.no./shi.ha.ra.i.ta.i.sho.u.ni./na.ri.ma.su.ka.
請告訴我如何申請保險理賠。	保険金請求(ほけんきんせいきゅう)の手続(てつづき)について教(おし)えてください。 ho.ke.n.ki.n.se.i.kyu.u.no./te.tsu.zu.ki.ni./tsu.i.te./o.shi.e.te./ku.da.sa.i.
有沒有英語諮詢的服務？	英語(えいご)で相談(そうだん)できるサービスはあるのですか？ e.i.go.de./so.u.da.n.de.ki.ru./sa.a.bi.su.wa./a.ru.no./de.su.ka.
交通和住宿費能獲得補償嗎？	交通費(こうつうひ)や宿泊代(しゅくはくだい)を補償(ほしょう)してもらえるのですか？ ko.u.tsu.u.hi.ya./shu.ku.ha.ku.da.i.o./ho.sho.u.shi.te./mo.ra.e.ru.no./de.su.ka.
海外旅遊險會賠償取消費用嗎？	キャンセル料(りょう)は海外旅行保険(かいがいりょこうほけん)で補償(ほしょう)されますか？ kya.n.se.ru.ryo.u.wa./ka.i.ga.i.ryo.ko.u.ho.ke.n.de./ho.sho.u.sa.re.ma.su.ka.
如果想延長保險期限的話該怎麼辦？	保険期間(ほけんきかん)の延長(えんちょう)はどうしたらよいですか？ ho.ke.n.ki.ka.n.no./e.n.cho.u.wa./do.u.shi.ta.ra./yo.i./de.su.ka.

第 11 章 基礎常用句

問候

MP3 88

你好。	こんにちは。	ko.n.ni.chi.wa.
初次見面。	はじめまして。	ha.ji.me.ma.shi.te.
請多指教。/ 麻煩你了。	よろしくお願(ねが)いします。	yo.ro.shi.ku./o.ne.ga.i./shi.ma.su.
早安。	おはようございます。	o.ha.yo.u./go.za.i.ma.su.
晚安。/ 晚上好。	こんばんは。	ko.n.ba.n.wa.
天氣真好呢。	いい天気(てんき)ですね。	i.i.te.n.ki./de.su.ne.

<table>
<tr><td rowspan="2">那個...打擾一下。</td><td>あの…、すみませんが。</td></tr>
<tr><td>a.no./su.mi.ma.se.n.ga.</td></tr>
<tr><td rowspan="2">可以打擾一下嗎？</td><td>ちょっといいですか？</td></tr>
<tr><td>cho.tto./i.i./de.su.ka.</td></tr>
<tr><td rowspan="2">很高興能見到你。</td><td>会(あ)えて嬉(うれ)しいです。</td></tr>
<tr><td>a.e.te./u.re.shi.i./de.su.</td></tr>
<tr><td rowspan="2">很榮幸能碰面。</td><td>お目(め)にかかれて光栄(こうえい)です。</td></tr>
<tr><td>o.me.ni./ka.ka.re.te./ko.u.e.i./de.su.</td></tr>
<tr><td rowspan="2">過得好嗎？</td><td>元気(げんき)ですか？</td></tr>
<tr><td>ge.n.ki./de.su.ka.</td></tr>
<tr><td rowspan="2">過得很好。</td><td>元気(げんき)ですよ。</td></tr>
<tr><td>ge.n.ki./de.su.yo.</td></tr>
</table>

彼此彼此。	こちらこそ。 ko.chi.ra.ko.so.
我也請你多指教。	こちらこそよろしくお願(ねが)いします。 ko.chi.ra.ko.so./yo.ro.shi.ku./o.ne.ga.i./shi.ma.su.
我出發了。/ 出門了。	行(い)ってきます。 i.tte./ki.ma.su.
我回來了。	ただいま。 ta.da.i.ma.
希望下次能再見。	それではまた会(あ)いましょう。 so.re.de.wa./ma.ta./a.i.ma.sho.u.
再見。	それじゃまた。 so.re.ja./ma.ta.

請求 MP3 89

我想請問一下。	ちょっとお伺（うかが）いしたいのですが。 cho.tto./o.u.ka.ga.i.shi.ta.i.no./de.su.ga.
百忙之中打擾了。	お忙（いそが）しいところ失礼（しつれい）ですが。 o.i.so.ga.shi.i./to.ko.ro./shi.tsu.re.i./de.su.ga.
可以耽誤你一點時間嗎？	お時間（じかん）ありますか？ o.ji.ka.n./a.ri.ma.su.ka.
想請你幫個忙。	お願（ねが）いしたいことがあるのですが。 o.ne.ga.i./shi.ta.i./ko.to.ga./a.ru.no./de.su.ga.
可以給我資料嗎？	資料（しりょう）をいただけますか？ shi.ryo.u.o./i.ta.da.ke.ma.su.ka.
可以明天前幫我完成嗎？	明日（あした）までにやっていただくことはできますか？ a.shi.ta.ma.de.ni./ya.tte./i.ta.da.ku.ko.to.wa./de.ki.ma.su.ka.

希望能在今天內就得到回覆。	今日中にお返事いただけると助かります。	kyo.u.ju.u.ni./o.he.n.ji./i.ta.da.ke.ru.to./ta.su.ka.ri.ma.su.
能為我說明嗎？	説明していただけませんか？	se.tsu.me.i.shi.te./i.ta.da.ke.ma.se.n.ka.
能在 8 點來接我嗎？	8 時に迎えに来てくれませんか？	ha.chi.ji.ni./mu.ka.e.ni./ki.te./ku.re.ma.se.n.ka.
我想請你幫個忙。	ちょっと助けていただきたいのです。	cho.tto./ta.su.ke.te./i.ta.da.ki.ta.i.no./de.su.
可以幫我看一下這個嗎？	これを見てもらえますか？	ko.re.o./mi.te./mo.ra.e.ma.su.ka.
可以請你順便修理這個嗎？	これの修理もついでにお願いできますか？	ko.re.no./shu.u.ri.mo./tsu.i.de.ni./o.ne.ga.i./de.ki.ma.su.ka.

可以跟我一起來嗎？	私と一緒に来ていただけますか？ wa.ta.shi.to./i.ssho.ni./ki.te./i.ta.da.ke.ma.su.ka.
可以借我筆嗎？	ペンを借りてもいいですか？ pe.n.o./ka.ri.te.mo./i.i.de.su.ka.
如果可以幫我這麼做就太好了。	そうしていただけると助かります。 so.u.shi.te./i.ta.da.ke.ru.to./ta.su.ka.ri.ma.su.
可以告訴我哪裡能找到那個嗎？	どこでそれを見つけられるか教えてもらえませんか？ do.ko.de./so.re.o./mi.tsu.ke.ra.re.ru.ka./o.shi.e.te./mo.ra.e.ma.se.n.ka.
可以幫我嗎？	手を貸していただけますか？ te.o./ka.shi.te./i.ta.da.ke.ma.su.ka.
麻煩你。	お願いします。 o.ne.ga.i.shi.ma.su.

答應承認

MP3 90

是的，沒錯。

はい、そうです。

ha.i./so.u./de.su.

當然。

もちろんです。

mo.chi.ro.n./de.su.

沒問題。

オッケーです。

o.kke.e./de.su.

好的。

いいですよ。

i.i.de.su.yo.

就這麼辦。

そうしましょう。

so.u./shi.ma.sho.u.

我也這麼認為。

私(わたし)もそう思(おも)います。

wa.ta.shi.mo./so.u./o.mo.i.ma.su.

就是啊。	そうですね。 so.u./de.su.ne.
好。/真棒。	いいですね。 i.i./de.su.ne.
贊成。	賛成(さんせい)です。 sa.n.se.i./de.su.
我也持相同意見。	私(わたし)も同(おな)じ意見(いけん)です。 wa.ta.shi.mo./o.na.ji./i.ke.n./de.su.
所言甚是。	まさにそのとおりです。 ma.sa.ni./so.no./to.o.ri./de.su.
非常贊成。	大賛成(だいさんせい)です。 da.i.sa.n.se.i./de.su.

隨時歡迎。	いつでもどうぞ。	i.tsu.de.mo./do.u.zo.
不客氣。	どういたしまして。	do.u./i.ta.shi.ma.shi.te.
不必顧慮請直說。	遠慮（えんりょ）なくおしゃってください。	e.n.ryo.na.ku./o.sha.tte./ku.da.sa.i.
交給我。	任（まか）せてください。	ma.ka.se.te./ku.da.sa.i.
交給我。	私（わたし）を頼（たよ）ってください。	wa.ta.shi.o./ta.yo.tte./ku.da.sa.i.
如果能幫得上忙就太好了。	お役（やく）に立（た）てれば幸（さいわ）いです。	o.ya.ku.ni./ta.te.re.ba./sa.i.wa.i./de.su.

拒絕否認

MP3 91

不是。	いいえ。 i.i.e.
不是我。	私(わたし)ではないです。 wa.ta.shi./de.wa.na.i./de.su.
搞錯了。/ 不是的。	違(ちが)います。 chi.ga.i.ma.su.
不是這樣的。	そうじゃないです。 so.u.ja.na.i./de.su.
不，不是的。	いや、違(ちが)います。 i.ya./chi.ga.i.ma.su.
應該是搞錯了。	間違(まちが)えたようですが。 ma.chi.ga.e.ta./yo.u./de.su.ga.

不必了。	結構(けっこう)です。 ke.kko.u./de.su.
已經夠了。/不必了。	もういいです。 mo.u./i.i./de.su.
謝謝。但不需要。	ありがとう。でも結構(けっこう)です。 a.ri.ga.to.u./de.mo./ke.kko.u./de.su.
不是那麼喜歡。	そんなに好(す)きではないんです。 so.n.na.ni./su.ki./de.wa.na.i.n./de.su.
很可惜我有事。	残念(ざんねん)ながら用事(ようじ)がありまして。 za.n.ne.n.na.ga.ra./yo.u.ji.ga./a.ri.ma.shi.te.
我想去，但今晚有點忙。	行(い)きたいんだけど、今晩(こんばん)はちょっと忙(いそが)しいんです。 i.ki.ta.i.n.da.ke.do./ko.n.ba.n.wa./cho.tto./i.so.ga.shi.i.n./de.su.

這次先算了。	今回はやめときます。 ko.n.ka.i.wa./ya.me.to.ki.ma.su.
容我拒絕。	遠慮させていただきます。 e.n.ryo.sa.se.te./i.ta.da.ki.ma.su.
下次再約。	また今度ね。 ma.ta./ko.n.do.ne.
我該走了。	もう行かなくちゃいけないんです。 mo.u./i.ka.na.ku.cha./i.ke.na.i.n./de.su.
現在剛好沒空。	今ちょうど時間がないんです。 i.ma./cho.u.do./ji.ka.n.ga./na.i.n./de.su.
我很喜歡，可惜尺寸不合。	すごく気に入ったんだけど、サイズが合わなかったんです。 su.go.ku./ki.ni./i.tta.n./da.ke.do./sa.i.zu.ga./a.wa.na.ka.tta.n./de.su.

道謝

MP3 92

謝謝。

ありがとうございます。

a.ri.ga.to.u./go.za.i.ma.su.

謝謝你的體貼。

ご親切(しんせつ)にありがとうございます。

go.shi.n.se.tsu.ni./a.ri.ga.to.u./go.za.i.ma.su.

感謝。

感謝(かんしゃ)します。

ka.n.sha.shi.ma.su.

幫了我大忙。

助(たす)かりました。

ta.su.ka.ri.ma.shi.ta.

如果可以這樣就太好了。

そうしてもらえると助(たす)かります。

so.u./shi.te./mo.ra.e.ru.to./ta.su.ka.ri.ma.su.

謝謝你特地撥空。

お時間(じかん)ありがとう。

o.ji.ka.n./a.ri.ga.to.u.

謝謝你幫的許多忙。	いろいろありがとう。	i.ro.i.ro./a.ri.ga.to.u.
謝謝你幫我。	手(て)を貸(か)してくれてありがとう。	te.o./ka.shi.te./ku.re.te./a.ri.ga.to.u.
讓你特地花時間真不好意思。	わざわざすみません。	wa.za.wa.za./su.mi.ma.se.n.
謝謝你的回覆。	返信(へんしん)をありがとう。	he.n.shi.n.o./a.ri.ga.to.u.
謝謝你送我這麼棒的禮物。	素敵(すてき)なプレゼントをありがとう。	su.te.ki.na./pu.re.ze.n.to.o./a.ri.ga.to.u.
很感激。	感謝(かんしゃ)いたします。	ka.n.sha./i.ta.shi.ma.su.

謝謝你快速地回覆。

素早(すばや)い返信(へんしん)をありがとうございます。

su.ba.ya.i./he.n.shi.n.o./a.ri.ga.to.u./go.za.i.ma.su.

感謝你的貼心關懷。

お気遣(きづか)いに感謝(かんしゃ)しています。

o.ki.zu.ka.i.ni./ka.n.sha.shi.te./i.ma.su.

你的幫助我謹記在心。

助(たす)けていただいて恩(おん)に着(き)ます。

ta.su.ke.te./i.ta.da.i.te./o.n.ni./ki.ma.su.

託您的福一切順利。

おかげでうまくいきました。

o.ka.ge.de./u.ma.ku./i.ki.ma.shi.ta.

感激不盡。

お礼(れい)の言葉(ことば)もありません。

o.re.i.no./ko.to.ba.mo./a.ri.ma.se.n.

因為那句話而得到很大的安慰（啟發）。

その言葉(ことば)に救(すく)われました。

so.no./ko.to.ba.ni./su.ku.wa.re.ma.shi.ta.

道歉

MP3 93

抱歉。	すみません。 su.mi.ma.se.n.
對不起(較為口語)。	ごめんなさい。 go.me.n.na.sa.i.
萬分抱歉。	申(もう)し訳(わけ)ありません。 mo.u.shi.wa.ke.a.ri.ma.se.n.
打擾了。/失禮了。	失礼(しつれい)いたしました。 shi.tsu.re.i./i.ta.shi.ma.shi.ta.
抱歉我遲到了。	遅(おく)れてすみません。 o.ku.re.te./su.mi.ma.se.n.
抱歉我回覆晚了。	返事(へんじ)が遅(おそ)くなってすみません。 he.n.ji.ga./o.so.ku.na.tte./su.mi.ma.se.n.

很抱歉，我今晚已經有事了。	申(もう)し訳(わけ)ないけれど、今晩(こんばん)はもう予定(よてい)が入(はい)っていて。 mo.u.shi.wa.ke.na.i./ke.re.do./ko.n.ba.n.wa./mo.u./yo.te.i.ga./ha.i.tte./i.te.
我想為昨天的事道歉。	昨日(きのう)のことを謝(あやま)りたいんです。 ki.no.u.no./ko.to.o./a.ya.ma.ri.ta.i.n./de.su.
很抱歉造成您的困擾。	大変(たいへん)ご迷惑(めいわく)おかけして申(もう)し訳(わけ)ありません。 ta.i.he.n./go.me.i.wa.ku./o.ka.ke.shi.te./mo.u.shi.wa.ke./a.ri.ma.se.n.
都是我的錯。	全(すべ)て私(わたし)のせいです。 su.be.te./wa.ta.shi.no./se.i./de.su.
很抱歉造成你的不愉快。	不快(ふかい)にさせてすみません。 fu.ka.i.ni./sa.se.te./su.mi.ma.se.n.
很抱歉突然聯絡你。	急(きゅう)な連絡(れんらく)で申(もう)し訳(わけ)ありません。 kyu.u.na./re.n.ra.ku.de./mo.u.shi.wa.ke./a.ri.ma.se.n.

真的非常抱歉。	誠(まこと)に申(もう)し訳(わけ)ございません。 ma.ko.to.ni./mo.u.shi.wa.ke./go.za.i.ma.se.n.
由衷地道歉。	深(ふか)くお詫(わ)びいたします。 fu.ka.ku./o.wa.bi./i.ta.shi.ma.su.
由衷表達歉意。	心(こころ)よりお詫(わ)び申(もう)し上(あ)げます。 ko.ko.ro.yo.ri./o.wa.bi./mo.u.shi.a.ge.ma.su.
我會小心不再次發生同樣的錯誤。	二度(にど)と起(お)こらないように注意(ちゅうい)いたします。 ni.do.to./o.ko.ra.na.i./yo.u.ni./chu.u.i./i.ta.shi.ma.su.
抱歉我失禮了。	大変失礼(たいへんしつれい)いたしました。 ta.i.he.n./shi.tsu.re.i./i.ta.shi.ma.shi.ta.
不知如何表達我的歉意。/十分抱歉。	本当(ほんとう)にお詫(わ)びの言葉(ことば)もありません。 ho.n.to.u.ni./o.wa.bi.no./ko.to.ba.mo./a.ri.ma.se.n.

稱讚

MP3 94

真厲害。/ 真棒。

すごいですね。

su.go.i./de.su.ne.

名不虛傳。

さすがです。

sa.su.ga./de.su.

很棒。

素晴（すば）らしいです。

su.ba.ra.shi.i./de.su.

很美好。

素敵（すてき）です。

su.te.ki./de.su.

真出色。/ 做得漂亮。

お見事（みごと）！

o.mi.go.to.

很有品味。

センスがいいですね。

se.n.su.ga./i.i./de.su.ne.

真帥呢。	かっこいいですね。 ka.kko.i.i./de.su.ne.
真漂亮。/ 真乾淨。	きれいですね。 ki.re.i./de.su.ne.
感覺很棒呢。	いい感(かん)じですね。 i.i.ka.n.ji./de.su.ne.
很有品味呢。	上品(じょうひん)ですね。 jo.u.hi.n./de.su.ne.
至今所看過最美的景色。	今(いま)まで見(み)た中(なか)で一番(いちばん)の景色(けしき)です。 i.ma.ma.de./mi.ta.na.ka.de./i.chi.ba.n.no./ke.shi.ki./de.su.
至今吃過最好吃的。	今(いま)まで食(た)べた中(なか)で一番(いちばん)おいしいです。 i.ma.ma.de./ta.be.ta./na.ka.de./i.chi.ba.n./o.i.shi.i./de.su.

很適合呢。	似合(にあ)ってますね。 ni.a.tte.ma.su.ne.
比想像中還棒。	期待以上(きたいいじょう)です。 ki.ta.i.i.jo.u./de.su.
渡過了非凡的時光。	素晴(すば)らしい時間(じかん)を過(す)ごしました。 su.ba.ra.shi.i./ji.ka.n.o./su.go.shi.ma.shi.ta.
這做得真好。	これはよく出来(でき)ていますね。 ko.re.wa./yo.ku.de.ki.te./i.ma.su.ne.
工作人員的服務非常優秀。	スタッフのサービスが素晴(すば)らしかったです。 su.ta.ffu.no./sa.a.bi.su.ga./su.ba.ra.shi.ka.tta./de.su.
深受作品感動。	作品(さくひん)に感銘(かんめい)を受(う)けました。 sa.ku.hi.n.ni./ka.n.me.i.o./u.ke.ma.shi.ta.

抱怨

MP3 95

真吵。	うるさいです。 u.ru.sa.i./de.su.
很髒。	汚(きたな)いです。 ki.ta.na.i./de.su.
真浪費。	もったいないです。 mo.tta.i.na.i./de.su.
不行啊。	だめだな。 da.me.da.na.
少了點什麼。	物足(ものた)りないです。 mo.no.ta.ri.na.i./de.su.
有點…。(不滿意)	ちょっと…。 cho.tto.

我無法認同。

それはどうかな。

so.re.wa./do.u.ka.na.

非常可惜。

残念ですね。

za.n.ne.n./de.su.ne.

滿嘴藉口。

言い訳ばかり。

i.i.wa.ke./ba.ka.ri.

多管閒事。

余計なお世話です。

yo.ke.i.na./o.se.wa./de.su.

態度真差啊。

態度悪いね。

ta.i.do./wa.ru.i.ne.

真是沒禮貌的人。

失礼な人ね。

shi.tsu.re.i.na./hi.to.ne.

請停止。	もうやめてください。	mo.u./ya.me.te./ku.da.sa.i.
不可理諭。	ありえない！	a.ri.e.na.i.
真差勁！	最低（さいてい）！	sa.i.te.i.
難以置信！	信（しん）じられない！	shi.n.ji.ra.re.na.i.
太貴了！	高（たか）すぎる！	ta.ka.su.gi.ru.
這樣我無法接受！	こんなの受（う）け入（い）れられない！	ko.n.na.no./u.ke.i.re.ra.re.na.i.

常用問句

MP3 96

這是什麼？

これはなんですか？

ko.re.wa./na.n./de.su.ka.

大約要花多少錢呢？

いくらくらいかかるでしょうか？

i.ku.ra./ku.ra.i./ka.ka.ru./de.sho.u.ka.

這附近買得到 SIM 卡嗎？

近(ちか)くで SIM(しむ) カードが買(か)えますか？

chi.ka.ku.de./shi.mu.ka.a.do.ga./ka.e.ma.su.ka.

有沒有會說英語的工作人員？

英語(えいご)を話(はな)せるスタッフはいますか？

e.i.go.o./ha.na.se.ru./su.ta.ffu.wa./i.ma.su.ka.

有沒有工作人員是台灣人？

台湾人(たいわんじん)スタッフはいますか？

ta.i.wa.n.ji.n./su.ta.ffu.wa./i.ma.su.ka.

需要花多少時間呢？

どれくらい時間(じかん)がかかるでしょうか？

do.re.ku.ra.i./ji.ka.n.ga./ka.ka.ru./de.sho.u.ka.

現在幾點？	今何時(いまなんじ)ですか？ i.ma./na.n.ji./de.su.ka.
這一站是什麼站？	この駅(えき)は何(なん)という駅(えき)ですか？ ko.no./e.ki.wa./na.n.to.i.u./e.ki./de.su.ka.
去美術館的公車站在哪裡？	美術館(びじゅつかん)行(ゆ)きのバス停(てい)はどこですか？ bi.ju.tsu.ka.n.yu.ki.no./ba.su.te.i.wa./do.ko./de.su.ka.
什麼時候出發？	いつ出発(しゅっぱつ)しますか？ i.tsu./shu.ppa.tsu./shi.ma.su.ka.
這個多少錢？	これはいくらですか？ ko.re.wa./i.ku.ra./de.su.ka.
要怎麼去呢？	どのようにして行(い)けばいいですか？ do.no.yo.u.ni./shi.te./i.ke.ba./i.i./de.su.ka.

為什麼？

どうしてですか？

do.u.shi.te./de.su.ka.

可以借這張椅子嗎？

この椅子(いす)をお借(か)りしてもいいですか？

ko.no./i.su.o./o.ka.ri./shi.te.mo./i.i./de.su.ka.

能幫我保管這個嗎？／可以寄放這個嗎？

これを預(あず)かっていただけませんか？

ko.re.o./a.zu.ka.tte./i.ta.da.ke.ma.se.n.ka.

可以嗎？

いいですか？

i.i./de.su.ka.

還在營業中嗎？

まだやっていますか？

ma.da./ya.tte./i.ma.su.ka.

覺得怎麼樣？

どう思(おも)いますか？

do.u./o.mo.i.ma.su.ka.

請再說一次。	もう一度（いちど）言（い）ってください。	mo.u./i.chi.do./i.tte./ku.da.sa.i.
請說慢一點。	ゆっくり話（はな）してください。	yu.kku.ri./ha.na.shi.te./ku.da.sa.i.
可以看看嗎？	見（み）てみてもいいですか？	mi.te.mi.te.mo./i.i./de.su.ka.
可以給我 3 個嗎？	3（みっ）ついただけますか？	mi.ttsu./i.ta.da.ke.ma.su.ka.
怎麼去機場最好？	空港（くうこう）に行（い）くにはどのようにするのが一番（いちばん）いいですか？	ku.u.ko.u.ni./i.ku.ni.wa./do.no.yo.u.ni./su.ru.no.ga./i.chi.ba.n.i.i./de.su.ka.
要怎麼調整呢？	どうやって調節（ちょうせつ）すればいいですか？	do.u.ya.tte./cho.u.se.tsu./su.re.ba./i.i./de.su.ka.

交友聊天

MP3 97

我還在學習日語中，如果說錯了請告訴我。	日本語(にほんご)はまだ勉強中(べんきょうちゅう)なので、間違(まちが)ったところがあったら教(おし)えてください。 ni.ho.n.go.wa./ma.da./be.n.kyo.u.chu.u./na.no.de./ma.chi.ga.tta./to.ko.ro.ga./a.tta.ra./o.shi.e.te./ku.da.sa.i.
不好意思，你說什麼？	すみません、何(なん)て言(い)いましたか？ su.mi.ma.se.n./na.n.te./i.i.ma.shi.ta.ka.
不好意思，我沒聽清楚。	すみません、聞(き)き取(と)れませんでした。 su.mi.ma.se.n./ki.ki.to.re.ma.se.n.de.shi.ta.
不知道該怎麼說。	何(なん)と言(い)っていいのか分(わ)からないです。 na.n.to./i.tte./i.i.no.ka./wa.ka.ra.na.i./de.su.
很高興能和你聊天。	お話(はな)しできてよかったです。 o.ha.na.shi./de.ki.te./yo.ka.tta./de.su.
彼此彼此，我也很高興能和你聊天。	こちらこそ、お話(はな)しできてよかったです。 ko.chi.ra.ko.so./o.ha.na.shi./de.ki.te./yo.ka.tta./de.su.

日本的天氣總是這樣嗎？	日本の天気はいつもこんな感じですか？ ni.ho.n.no./te.n.ki.wa./i.tsu.mo./ko.n.na.ka.n.ji./de.su.ka.
這個時期最高溫是幾度？	この時期の最高気温は何度くらいですか？ ko.no./ji.ki.no./sa.i.ko.u.ki.o.n.wa./na.n.do./ku.ra.i./de.su.ka.
你的興趣是什麼？	趣味は何ですか？ shu.mi.wa./na.n./de.su.ka.
週末打算做什麼？	週末は何か予定でもありますか？ shu.u.ma.tsu.wa./na.ni.ka./yo.te.i.de.mo./a.ri.ma.su.ka.
在這裡工作多久了？	ここで働いてどれくらいですか？ ko.ko.de./ha.ta.ra.i.te./do.re.ku.ra.i./de.su.ka.
請容我自我介紹。	自己紹介させてください。 ji.ko.sho.u.ka.i./sa.se.te./ku.da.sa.i.

你玩 Facebook 嗎？	フェイスブックはやっていますか？ fe.i.su.bu.kku.wa./ya.tte./i.ma.su.ka.
我可以加你為 IG 好友嗎？	インスタグラムで友達申請(ともだちしんせい)をしてもいいですか？ i.n.su.ta.gu.ra.mu.de./to.mo.da.chi.shi.n.se.i.o./shi.te.mo./i.i.de.su.ka.
你有推特帳號嗎？	ツイッターのアカウントを持(も)っていますか？ tsu.i.tta.a.no./a.ka.u.n.to.o./mo.tte./i.ma.su.ka.
請告知你的電子郵件信箱。	メールアドレスを教(おし)えてください。 me.e.ru.a.do.re.su.o./o.shi.e.te./ku.da.sa.i.
不介意的話，要不要交換聯絡方式呢？	もしよければ連絡先(れんらくさき)を交換(こうかん)しませんか？ mo.shi./yo.ke.re.ba./re.n.ra.ku.sa.ki.o./ko.u.ka.n./shi.ma.se.n.ka.
這段期間你住在哪裡呢？	どこにご滞在(たいざい)ですか？ do.ko.ni./go.ta.i.za.i./de.su.ka.

國家圖書館出版品預行編目資料

自助不求人：懶人旅遊日語 / 雅典日研所編著
-- 初版. -- 新北市 : 雅典文化, 2020.07
面； 公分. -- (日語大師 ; 15)
ISBN 978-986-98710-6-8(平裝)
1.日語 2.旅遊 3.會話
803.188 109006387

日語大師系列 15

自助不求人：懶人旅遊日語

編著／雅典日研所
責編／許惠萍
美術編輯／許惠萍
封面設計／林鈺恆

法律顧問：方圓法律事務所／涂成樞律師

總經銷：永續圖書有限公司
永續圖書線上購物網
www.foreverbooks.com.tw

出版日／2020年7月

出版社
22103 新北市汐止區大同路三段194號9樓之1
TEL （02）8647-3663
FAX （02）8647-3660

日語大師
15

自助不求人：懶人旅遊日語

雅致風靡　典藏文化

親愛的顧客您好，感謝您購買這本書。即日起，填寫讀者回函卡寄回至本公司，我們每月將抽出一百名回函讀者，寄出精美禮物並享有生日當月購書優惠！想知道更多更即時的消息，歡迎加入"永續圖書粉絲團"
您也可以選擇傳真、掃描或用本公司準備的免郵回函寄回，謝謝。

傳真電話：（02）8647-3660　　電子信箱：yungjiuh@ms45.hinet.net

姓名：　　　　性別：□男　□女

出生日期：　年　月　日　電話：

學歷：　　　　職業：

E-mail：

地址：□□□

從何處購買此書：　　　　購買金額：　　元

購買本書動機：□封面 □書名 □排版 □內容 □作者 □偶然衝動

你對本書的意見：
內容：□滿意□尚可□待改進　編輯：□滿意□尚可□待改進
封面：□滿意□尚可□待改進　定價：□滿意□尚可□待改進

其他建議：

剪下後傳真、掃描或寄回至「22103新北市汐止區大同路3段194號9樓之1雅典文化收」

您可以使用以下方式將回函寄回。

您的回覆，是我們進步的最大動力，謝謝。

① 使用本公司準備的免郵回函寄回。

② 傳真電話：（02）8647-3660

③ 掃描圖檔寄到電子信箱：

yungjiuh@ms45.hinet.net

沿此線對折後寄回，謝謝。

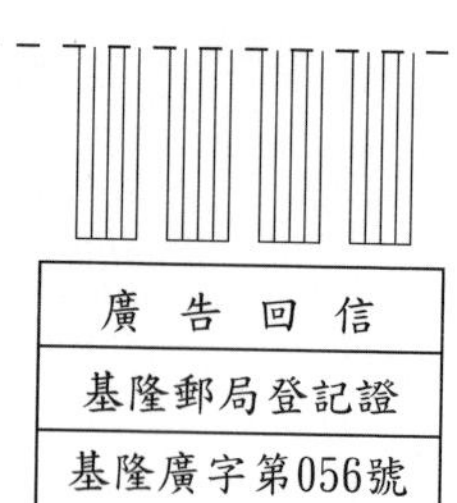

221-03

雅典文化事業有限公司　收

新北市汐止區大同路三段194號9樓之1

雅致風靡　典藏文化